醫香情願

上

風文創 844

南林 著

風 文創
844

目錄

序

南林

前段時間，忽然心血來潮，對我國古代詩詞中的「閨怨詩」產生興趣，於是搜羅了唐代諸多詩人具有代表性的詩作來研讀，不由得對其中「民間棄婦」一類的形象尤為同情。

在那個男尊的時代，女子地位低微，造就了她們一旦被棄，生活沒有依靠，還要承受來自親朋好友和社會的輿論壓力，而她們能做的只是含淚忍辱。

恰時那段時間，在新聞上看到幾則關於家暴的新聞，讓我忍不住思考，如今社會，女人能用法律來維護權益，能夠擺脫男人，能夠有一份喜歡的工作，能夠一樣活得自信。而在古代，女人依附男人而生的時代，律法給予女人的保護少之又少，她們能做什麼？

思索良久，於是乎有了本文女主角蘇荏，一個堅韌、頑強、獨立而溫善的女子，在前世遭遇了種種磨難，遭遇夫家欺凌、失去女兒之後，她怨恨、後悔、自責，最後用生命來反抗。

上蒼悲憫，給了她重來一次的機會，她此生懂得身為女子，更該有安身立命之本，才能護佑想護佑之人，追求想追求的理想，她選擇了與前世截然不同的道路。

她不僅從外翁那裡繼承醫術，並且外出求學，立志行醫、懸壺濟世，並以此扎根立足。在此道路上，與同樣經歷破碎前世的男主江未歇相識、相知、相伴，並得他相護、相守，一起努力成長，無論經歷多少坎坷風雨、聚散離合，終而收穫最美的愛情，攜手一生。

我欣賞蘇荏的堅強、獨立和大愛，也羨慕她與江未歇的愛情，也希望所有的「閨怨」都能得一次如願，所以便有了這樣一本講述古代女子事業與愛情的書。

第一章

三月的午後，無風，陽光正好，照在人身上暖烘烘的，村上的土狗趴在自家院門前懶洋洋打瞌睡。

整個村莊都在春日的暖陽中伸著懶腰。

蘇普陽家的柴門猛然被推開，兩個人急匆匆走了進來。

帶路的人是村口胖三嬸，身後跟著隔壁村前來求醫的中年男子江樹。

江樹一進門立刻撲上去，一把抓著院中老郎中的手，心急如焚地哀求道：「我兒嘔吐不止，都吐出酸水來了，渾身冒冷汗直哆嗦，被子都濕透了，眼一會兒睜一會兒閉……李郎中，你是咱們三山鎮最好的郎中，你快去看看，救救我兒……」

江樹是一名年近四十的莊稼漢子，此時掛著滿臉的淚水，哽咽得像個孩子，聲聲動容。

李長河一聽病情危急，急忙回屋拿了藥箱就讓江樹前面帶路，一邊走一邊細問病情。

「外翁，不能去！」

躺在東偏房木板床上的蘇荏，直直地瞪著房門，想喊住外翁，可她只是張著口，一個字也喊不出。

那一句話，好似卡在喉嚨裡，拚盡全力也吐不出來。

她想爬起來，衝出門去阻攔，但身上像壓著千鈞巨石，四肢像被繩索捆綁固定，一根指頭都動不了。

她能夠感受到周圍的溫度和聲音，能夠看到門窗和外面的暖陽，甚至知道外翁去給江家兒子治病會發生什麼……

但是，她除了眼皮子能眨一眨，除了能夠思考呼吸，此外，和死人沒任何區別，她的意識支配不了自己的身體。

她知道自己此刻被「鬼壓床」了。

拚盡所有的力氣和意識，她都無法支配僵硬的身軀，喉嚨間還在一遍遍無聲地吶喊：「外翁，不能去！」

江樹的兒子——江未歇，從小就體弱多病，一年有半載是在床上躺著，若非其祖父是三山鎮唯一的秀才，開個私塾有點進項，家裡又有點營生，手頭還算寬裕，勉強買得起藥，吊著他的命，否則擱在旁人家，以江未歇的身子，絕活不了這麼大。

前世的今日，就是剛剛的情形，外翁被江父拉去給獨苗兒子治病，因為開錯了藥方，差點要了江未歇的性命。

雖然江未歇最後保住了命，但是身體更差了，於是江家告到縣衙去。

外翁行醫救人四十多年，從未出現差錯，最後因為這件事，背上了「醫術不精，坑蒙拐騙，殘害病人」的罪名，並遭到鄉裡人的各種侮辱和指責，最後在縣衙大牢中鬱鬱而終。

蘇家父母為了補償江家，為了救外翁，變賣家裡所有的東西。

之後為了賺錢養家餬口，有腿疾的父親去南山打石頭，在危險來臨時躲避不及，死在山石之下。

緊接著村上的人又帶來大哥戰死的消息，母親承受不住父親、丈夫、兒子接連去世的打擊，不久就病終了。

而她，也被逼上前世那條暗無天日之路，弟弟、妹妹死的死，被賣的賣，再未相見。

想到這兒，蘇荏眼中的淚水已經打濕了雙鬢和枕頭。

一切的根源都是因為外翁給江家小郎治病，因為外翁一時開錯了藥方劑量。

她必須阻止這一切，不能讓蘇家再走上前世之路！

因身體還是動彈不得，她著急著，胸腔內的一口氣幾乎要衝破胸肺炸裂出來，可四肢仍是被死死地釘在床板上。

著急上火無用，她慢慢地閉上眼睛，調整呼吸，須臾手腳便能動了。

蘇荏坐起身就要朝外奔去，剛跑兩步到房門邊，頭腦嗡嗡作響，像石錘撞擊般疼得厲害。

忽地，眼前一陣暈眩發黑，她身子一軟，摔倒在地。

「荏姊姊？」一個脆聲傳來。

蘇荏抬頭望去，模糊地見到一個十來歲的小女孩朝她跑來。是隔壁旺嬸家的三丫頭曉慧。

曉慧用力攙扶著她站起來。

蘇荏眼前慢慢清明了一些，但依舊覺得天旋地轉，頭疼難耐。

「妳昨天落了水，現在還發著燒呢，我扶妳回床上躺著。」

落水？

她想起來了，可不就是昨日嗎？

前世，她去南山的鹿鳴寺燒香，回來途經山下小河，聽到河中有人呼喊救命，一時救人心切就跳進去將人撈了上來，那也是她悲劇生活的一個開始。

怎麼就重生在今日今時呢？

哪怕是早一天，她絕不會跳下河去救那個帶給她一生痛苦、禽獸不如的渣滓。她會站在岸邊，親眼看著他逐漸溺死在春日冰冷的河水中。

可想這些終究是無用，她遲了一天。

沒關係，就那麼看著他溺死反而是便宜了他。

當初他害死了她三個孩兒，總要讓他嘗盡痛苦死去才對得起她的孩子。

而現在，她要做的是阻止外翁接診！

「沒事！」

蘇荏鬆開曉慧的手，歪歪斜斜地朝外走。

「荏姊姊，妳去哪兒？要做什麼我幫妳。」

蘇荏沒回應，出了院門就朝西邊江村的方向，去追李長河和江樹。

每走一步，她都覺得自己的腦漿好似在腦殼裡晃動，震得每一根神經都痛，耳邊隆隆聲，腳下軟綿綿，身子隨時都可能摔倒。

蘇荏勉強撐著身體，以最快的步伐追去。

可只要稍稍趕了兩步，就會腳下不穩摔倒，她反覆爬起來幾次，最後只能妥協，不敢快步。

所幸蘇村距離江村不遠，不過二、三里路，她走到江村的時候，眼前景物已經開始模糊，步履更是艱難。

不小心被一塊石頭絆倒，她重重摔在村口。

蘇荏吃力地爬起來，按壓著頭，歪歪斜斜地朝村子裡去。

村口坐在西山牆邊做針線活的幾個婦人瞧見了她，好心地上前詢問她情況。

待她說明來由，一個身材矮小的婦人帶著她前往江樹家。

婦人一邊走，還一邊感激地道：「上回可真的是要謝謝李郎中，要不是他，我家丫頭的病也好不了。」

婦人將李長河的醫術誇讚了一番。

蘇荏只是聽聽，沒放心裡去。她現在渾身難受發熱，心裡還掛念外翁。

來到江樹家，她直接推開院門走了進去，一個十一、二歲的小姑娘蹲在院子裡的大水缸邊挑黃豆。

小姑娘瞧見來了個陌生人，站起身來。

婦人介紹了蘇荏的身分。

小姑娘江未晚將蘇荏打量了一下，道：「李郎中在給我哥看病呢！蘇家姊姊，妳臉色難看，是不是生病了？」

既然已經阻止不了外翁給江未歇治病，待會兒開藥方時，她就幫外翁留心，橫豎那張正確的藥方她已經熟記於心，到時提示一下外翁就不會出錯了。

這樣想著，蘇荏暗暗鬆了口氣。

她朝傳來聲音的東偏房望去，只見一位婦人走了出來，正是江未歇的母親。

江母身材清瘦高眺、眉眼姣好，年輕的時候是三山鎮出了名的美人，只是被兒子長期臥病拖累，早已沒了年輕時候的風采。

她是性子要強的人，脾氣也不好，前世對外翁窮追不捨、問罪最厲害的便是她。

江秀才父子見她家認錯道歉又賠了銀錢，已經傾家蕩產，而且李郎中也不是故意為之，想著鄉里鄉親就這麼算了，不能將蘇家逼上絕路，畢竟還有幾個未成年的孩子，但江母不依不饒，直到外翁病死牢中，她才罷休。

兩年後，她的兒子江未歇病逝，那時候蘇家已經家破人亡，唯一算是倖存的她，也嫁給了禽獸不如的段明通。

可江母在兒子下葬的時候，還是對蘇家下了毒咒。

現在再次見到江母，雖然對蘇荏來說已經相隔一世，但要說心中沒有一點的怨恨，那是不可能的。

前世她有過三個孩子，也眼睜睜看著孩子死在自己懷中，她能體會江母的心，但對此，終究不能釋懷。

江母瞧見蘇荏一身灰塵，臉色慘白，立即上前抓著她。一觸到她冰冷的手，瑟縮了下，忙伸手貼上她的額頭。

「妳這丫頭，燒得這麼厲害，怎跑這麼遠來，還只穿這麼點衣服？」

江母一邊說，一邊拉著她進堂屋，並讓人去倒杯熱水來，自己又去取了件厚衣服給她披上。

「妳等會兒，妳外翁正在給我兒子看病。」

蘇荏捧著熱水碗坐在堂屋的凳子上，感覺身子舒服許多。

三個人坐在堂中，各有擔心，誰都沒有說一句話。

片刻，蘇荏聽到東偏房有動靜，知道應是看診完了。

蘇荏褪去江母給她的外衣，起身朝東偏房去。

江母和江未晚也跟著起身過去。

東偏房內，李長河正在床頭的一張小桌上寫著藥方。

床上的人安靜躺著，雙目閉著，似乎已經睡過去了。

蘇荏立即走到李長河的身邊。

李長河抬頭看了她一眼，驚詫地道了句：「妳這丫頭怎麼過來了，不在家躺著？」

「我……來跟外翁學行醫。」

「那也要身子好了之後。」

李長河垂首，繼續專心寫著藥方。

床上的少年微微地睜開眼，朝來人看去。

剛才說話的小姑娘正被走來的江母擋住身影，他有些失望地閉上了眼。

蘇荏沒注意床上的人，她的視線迅速移到藥方上，正見外翁寫著那個她再熟悉不過的草藥名字。

伏葛一錢。

一錢？

蘇荏一震。

怎麼會是一錢？

不是該五錢嗎？

她清楚記得前世外翁開的藥方，出錯之處便是伏葛的藥量。

伏葛是含有劇烈毒性的草藥，這張藥方中用一錢完全沒問題，若是五錢對於江未歇的身體來說便是致命的打擊，若是再重一些，甚至當場能要他性命。

明明該是寫五錢，為何變成了一錢？

外翁的藥方若開得沒錯，那為何前世那張藥方上，寫成五錢？

難道因為她忽然進來，幫外翁提了提神，讓外翁清醒了？

她心中存疑，卻也說不出什麼來。

李長河將藥方交給江樹，並囑咐他們注意事項之後，便帶著蘇荏離開江家。

江樹送走李長河，回身去屋裡拿錢，準備去鎮上抓藥。

此時，江未晚從東偏房出來喚住他。

「爹，哥說要看看藥方。」

「他看藥方做什麼，他又不是大夫，哪裡看得懂？我趕著去替他抓藥呢！」

江母勸道：「兒子要看，你就讓他看看，興許他是想學學呢！反正又看不跑一個字，耽誤不了多會兒，你待會兒抓藥走快點不就成了？」

江樹素來聽妻子的話，便拿著藥方去東偏房。

東偏房的木床上，一個清瘦虛弱的少年平躺著，呼吸一會兒重、一會兒輕，眼睛微微地張合，看著屋頂的某一處。

尖瘦蠟黃的臉、蒼白無血的雙唇，都在展現主人此時重病頹然的狀況。

江父將藥方遞給自家兒子。

江未歇雙手顫顫巍巍地抓著藥方，眼睛不看別處，直接落在中間的一味藥上，雙瞳微微一收，眉峰輕皺。

「怎麼了？可是又不舒服了？」
江母神色緊張，立即上前抓著兒子的手。
「沒。」
江未歇的聲音虛弱如同蚊蚋，然後將藥方遞還給父親。
光這個簡單的動作，已經花費了他全部的力氣，雙手垂下後，便虛脫無力，眼睛也微微閉上，大喘兩口。
江母叮囑他兩句，讓他好好休息，便帶著女兒出去，不再打擾。

另一廂，蘇荏與李長河慢慢往回走。
春日的田野麥苗青青，傍晚的風吹過如波浪起伏。
田間小陌兩側開滿了野花，不遠處的溝渠上，有孩子在放牛羊，不時傳來呼喊和笑鬧之聲。
遠處南山上的鹿鳴寺若隱若現，田間還有一些勞作的鄉親。
蘇荏看得有些癡迷，這是多麼熟悉的景象，已經暌違了十數年。
她抬頭看著身側的外翁，已年近花甲，鬢髮早已灰白，但精神矍鑠。
外翁平素是懂得養生的人，以外翁的身體，若無前世那般的飛來橫禍，長命百歲應該是沒問題。

因為外翁只有一個女兒，所以外婆去世之後，雙親念他一人孤苦，就接來與他們一起生活。

外翁最是疼他們幾個孩子，凡是得了診金，第一個想到的就是給他們幾個孩子買好吃、好玩的。即使大哥從軍不在家，他也替大哥保留著。

雙親曾勸過他。「大郎回來都成親的年紀了，可不玩這些小孩子的東西，不能白費錢。」

外翁卻說：「那就給大郎的孩子玩，左右不會浪費。」

他總是盼著大哥和小弟成家立業，盼著她和妹妹風光出嫁，可最後，他什麼都沒有看到。

蘇荏想到這兒，心中疼痛難當，不禁熱淚盈眶，立即別過臉去。

「怎麼了？」

李長河察覺了外孫女的情況有異。

「眼睛進沙了。」

蘇荏忍了忍淚，抬手拭去沒有忍住的淚水。

片刻後，蘇荏昂首問：「外翁，那江家小郎的身子能醫治好嗎？」

李長河頗有些惋惜地嘆了口氣。

「能是能，但是得用些上好的藥材。江秀才家被這孩子拖累這麼多年，生活艱難，看得起病，抓不起藥。」

蘇荏點了點頭。

前世，她的小女兒因為段家不給錢醫治，才會活活病死。

但凡她當時通曉些醫術，能夠為女兒醫病，能夠賺錢為女兒抓藥，女兒又何至於會是那般淒慘境地？

看著女兒生命跡象一點一點地消失，她當時無比的悔恨自責，跟在外翁身邊十多年，竟然沒有學會半點醫術。

但凡能通曉一些，女兒便不會夭折了……

「外翁，我想跟你學醫。」

李長河看著她一臉認真，笑道：「那好啊！外翁還正愁我們老李家的醫術後繼無人呢！」說完，又開玩笑道：「學醫是要吃苦頭的，可別學妳大哥三天打魚，兩天曬網的。」

「不會！」蘇荏堅定地搖頭。「荏兒不怕苦，荏兒會將外翁的醫術傳承下去的。」

「說定了啊，不許騙外翁開心。」

李長河寵溺地看著她，目光中並沒有認真嚴肅的成分。

蘇荏看出外翁其實只將她剛剛的承諾，當成一時興起的玩笑之語，沒有當真。

「不會！」她再次堅定地回答，也是給自己下定決心。

李長河目光也深沈了幾分。

一路上，晚風吹得頭腦暈疼，蘇荏剛走到村外，便瞧見蘇母李柔娘和小妹蘇苒迎來。

李柔娘是年近四旬的婦人，身材微胖卻生著一張小臉，看似有些圓潤卻給人小巧的印象。

蘇苒比蘇荏小三歲，剛滿十一，最是聽話懂事。

兩人匆忙地迎到跟前來，蘇母抓著她的胳膊，心疼地教訓道：「病都沒好，怎麼跑江村去了？若非是聽曉慧提起，我都不知道。妳瞧瞧這臉色，太嚇人了。都這麼大了，怎麼一點都不懂事，淨給妳外翁添亂……」

蘇荏聽著母親絮絮叨叨，看著她焦慮擔憂的眼神，心口再次一陣酸楚襲來，若非是外翁和小妹在一旁，她真想像小時候一樣撲在母親的懷中大哭一場。

蘇荏的眼淚還是忍不住啪嗒啪嗒地流了下來。

李長河一見蘇荏哭了，立即心疼地道：「柔娘，有我在呢，妳瞧妳把孩子罵的，她還病著呢，這會兒也起風了，趕緊回家吧！」

蘇母也沒想到向來性子倔的女兒，竟然就被她輕飄飄的三言兩語給罵哭了，而且哭得那般傷心委屈，好似她說了什麼重話一般。

蘇母一陣恍惚，竟然有些手足無措了。

待一行人回到家中，父親蘇普陽和小弟蘇葦也從村裡二叔家回來。

蘇荏這時想起來，二叔家這兩天準備蓋新房子給堂兄蘇蓬娶親，便將父親請去幫忙，小弟蘇葦也跟著過去湊熱鬧。

看著一家人都在身邊，蘇荏說不出心中的滋味。

前世的一切恍然如夢，她此刻醒了過來。

晚膳的時候，一家人圍坐一起，蘇母顧念她病著，還特意給她燉了蛋羹，放了些香油，只幾滴就讓滿屋子都香噴噴，饞得蘇葦都喊著也要病一場，被蘇母教訓了兩句。

蘇荏也沒有吃獨食，還是分了些給小弟、小妹。

一家人和樂融融吃了一頓飯。

蘇荏從頭到尾沒有怎麼出聲，只是在聽著外翁、父母以及弟妹說話。

外翁說，等她病好了，讓她跟著學醫……

父親也道，等二叔家蓋好房子，也該給大哥籌備籌備了……

母親表示，想在院子裡準備種點什麼菜，然後教小妹學做針線……

小弟則羨慕村上的小夥伴柱子識字，要外翁教他認字……

一頓飯，眾人說說笑笑。

看著充滿生氣的親人，蘇荏的心中有說不出的溫暖。

第二章

江村。

且說江父去鎮上買藥回來後，江母立即煎藥。

天黑的時候一碗藥已經端到東偏房。

江未歇早先疲累地睡去，此時還在休息。

江母輕輕喊醒他，喚他起來喝藥。

江未歇迷迷糊糊地靠在床頭，雖然沈睡了小白天，但身子依舊是毫無半點力氣，胸口好似堵著氣，喘不過來，頭腦也昏昏沈沈。

緩了好半天，呼吸才稍稍順暢些，看著油燈下，江母送到自己嘴邊的藥碗，嗅著濃烈刺鼻的藥味，他輕輕地皺起眉頭。

這麼多年，他從來都沒有離開過吃藥，吃藥就跟吃飯一樣稀鬆平常。

他微微張口，輕輕抿了一口，卻忽然警醒地睜大眼看著藥碗，慌忙地想要嘔吐，卻已經嘔吐不出來。

江母當他是怕苦，勸慰道：「兒啊，都說良藥苦口，這藥味的確比平常難聞了些，可也說不準這就能治好你的病。來，一口氣喝下去就感覺不到苦了。」

他輕輕地吐舌，熟悉的苦味甚至衝到了鼻腔。

「娘，藥方……」江未歇的聲音微弱。

江母沒聽懂他意思，繼續勸著。

「快趁熱把藥喝了，藥冷了效果不好的。」

「藥方。」他用力吐著兩字，已經有些接不上氣。

「你不是下午瞧過了嗎？先把藥喝了。」

「我再看看。」

江母見兒子固執，為了哄他吃藥，也只能妥協，讓女兒將藥方給取來。

江未歇雙手抖如篩糠地拿著藥方，江未晚將油燈端到床頭照亮些。

當他將目光再次落在中間的位置，瞬間臉色大變，驚懼不已，手抖得更厲害。

江母和江未晚都嚇壞了。

「兒，你是怎麼了？」江母對女兒吩咐。「快叫妳爹去蘇村請李郎中來，快去！」

江未晚立即衝出門。

江父進來，瞧見兒子情況不對，不敢耽擱，便轉身小跑著出門。

江秀才傍晚時候從鎮上回來，這會兒聽到唯一的孫子病情嚴重，進了屋探望。

「孫兒，怎麼回事？又是病發了？」

瞧見床頭小桌上的湯藥還沒喝，江秀才對江母催促。「藥都熬好了怎麼不給孩子喝啊？快將藥給孩子餵下去，先壓一壓。」

江母驚慌，立即端起藥碗去餵兒子。

「不對！」

江末歇覺得胸口更加沈悶，呼吸困難，腹中也有一絲灼燒之痛。

「兒啊，聽話……快喝了，喝了藥就沒事了。」江母看著兒子渾身顫抖痛苦的模樣，心疼到眼淚溢出，哄勸著。「一口氣喝下去就不那麼苦了，不信，娘喝一口給你看。」

江母端起藥碗，江末歇拚盡全力伸手去抓藥碗，顫抖如風中孤葉的手搆到碗邊已經沒了力氣，重重朝下一沈。

江母手中的碗被扒斜，大半的藥湯灑了出來，只剩碗底一點。

「你這孩子怎麼回事？」江母一邊哭，一邊心疼地訓斥。「怎麼就不懂事呢？這藥還有一半的錢是跟藥鋪賒的，娘熬了一、兩個時辰，你怎麼給弄灑了？你的病還想不想治了？你是想作死一家人才甘心嗎？」

江母越說越是心痛，放下藥碗，轉身捂著臉大哭起來。

江家在村中本也是數一數二的富戶，可自從兒子得病，現在硬生生拖成了村裡最窮的。

她才三十三、四年紀，兩鬢都已經愁白，看上去比村上四十多歲的婦人還顯老。

看著兒子病情反反覆覆，一顆心就好似鐵板上的豆腐，翻來覆去地煎。

兒子如今卻是這般不體諒、心疼她半分，怎不叫她崩潰。

「孫兒！」

「哥！」

聽見兩聲驚恐淒厲的叫喊，江母停止抱怨，立即回頭望去。

只見江耒歇口吐白沫，甚至還伴著一絲殷紅，人已經沒了動靜。

蘇荏喝了退燒的藥後，睏意襲來，不一會兒便睡了過去。

迷迷糊糊中聽到院子有些吵，有人語速飛快、聲音焦急地在說話，說什麼她沒有聽清。

蘇荏再次迷糊地沈睡過去。

不知過了多久，她再次被屋外吵吵嚷嚷的人聲和犬吠之聲吵醒，甚至還聽到哭聲。

這次稍稍清晰了一些，似乎是母親的哭聲，哭聲漸漸地遠了，聽不清楚。

蘇荏睜開眼，頭不似白日那麼暈且疼了。

她坐起身，卻發現睡在一旁的小妹人不在，月光從窗外照進來，床邊只剩她的一雙布鞋。

她起身到院子裡，見堂屋的燈亮著，小妹抱著小弟坐在凳子上，小弟還在熟睡。

「姊！」

蘇苒哇的一聲哭了起來。

「怎麼回事？」

「外翁……外翁出事了，爹娘都去汀村了。」

蘇荏的腦子如驚雷轟的一聲炸開。

怎麼還會出事？

藥方明明是對的！

上一世就因為那張藥方導致家破人亡，所以那張藥方每一個字她都記得清楚，即便十幾年過去，她依舊倒背如流，就如她的名字一樣，刻進了骨子裡。

白天她看過藥方，明明一字不差的……

怎麼可能出事？

「出了什麼事？」

蘇荏還是一臉難以置信。

「我不知道。」蘇苒哭著道。

蘇荏轉身朝外走，剛走了兩步，又回身囑咐小妹照顧好小弟，哪兒也不許去，然後急匆匆地朝江村奔去。

蘇村家家戶戶都熄燈沈睡，淡淡的月光照在村子的小路上，僅隱約能夠辨認高低坑窪。

蘇荏的頭疼剛好了一些，被夜風一吹又暈起來。

她手臂蒙著額頭朝前小跑。

直到出了村子，模糊地看到前方月光下有兩個人影，其中一人腿腳一瘸一拐。

肯定是爹娘！

蘇荏用力地喊著，空曠寂靜的田野中，聲音傳了很遠。

蘇家父母停下步子。

蘇荏追了上去。

蘇母還在低聲啜泣，蘇荏從蘇父的口中得知情況竟如前世一模一樣。

外翁被江家給扣留，要押去縣裡！

江村半個村子的人，都因為江秀才家鬧出的動靜沒有入睡，都點著燈。

此時，江秀才家的院子裡圍滿了村人。

李長河正被一群人驅趕著要送往縣衙，他滿臉不可置信，想去看看病人的情況。

江秀才父子攔著不讓，罵他殘害自家孫子、兒子。

村中的人也在指點議論，話雖不同，但意思相似，都是認為李郎中開錯了藥方，這才讓江末歇病情加重。

東偏房內傳來撕心裂肺的哭聲。

蘇家父母立即上去護著李長河與江家的人說理。

江家的人不聽，江村的人，包括里長，都向著江家。

蘇荏透過東偏房的小窗，見到裡面躺在床上毫無生機的少年，和旁邊幾個抹淚的婦人。

江母臉色青白，捂著肚子哭得肝腸寸斷。

院內吵吵嚷嚷、推搡著要送官的聲音不斷，整個江家小院內嘈雜混亂如戰場。

蘇家解釋也好，道歉也罷，都沒有人願意聽。

「你們是想他死，還是想告我外翁？」

蘇荏衝到李長河和雙親的面前，手指著東偏房，昂首高聲朝江秀才父子吼。

她一時沒把握住音量喊破了喉嚨，聲音尖細，在夜間好似炸雷，眾人皆被驚得動作、聲音戛然而止。
蘇荏依舊拉高嗓子，壓住那些低低的議論聲。「我外翁行醫幾十年，可曾有差錯？你們江村的人十之七八都請我外翁醫治過，誰家人的病沒醫好的？這次是個意外，甚至可能是誤會！」
見周圍人的聲音靜了下來，她聲音也微微降了些。
「你們家的孫子還在裡面躺著，迫在眉睫，不讓我外翁及時救人，你們是想他死嗎？」
蘇荏手又狠狠地指著東偏房。
「江阿翁、江叔，現在到底是將我阿翁送官弄清情況重要，還是先救你們的孫子或兒子性命重要？」
蘇荏幾句話吼完，嗓子有些啞，全身都因為緊張而顫抖，頭腦也嗡嗡作響。
眾人都沒想到，她一個未出閣的小姑娘竟然脾氣這麼凶，皆被凌厲的氣勢給震住，再思量她的話，確有幾分道理。
江家都是讀書人，自然明白事理，只是心中怨恨李長河，加之對李長河的醫術不再信任，才不想讓他給孩子醫治。
里長左右看了看，對江家人勸道：「李郎中的醫術在咱們三山鎮是最好的，開錯藥方這事容後再說，還是先救未歇要緊。老哥，你說呢？」

里長是個年近半百的老人，幾年前其老母親病危，就是李長河搶救過來。只因和江秀才是族親，剛剛才出口幫江家，被蘇荏一說，倒是有些慚愧。

無論怎麼說，救人那是首要的事情，耽擱不得。

江秀才父子細想了下，一時半刻也尋不到郎中來，倒不如讓李長河再給孩子醫治。這麼多年孩子的病多半都是請他看的，也都沒出什麼差錯。

江秀才不情不願地讓李長河進屋去。

李長河剛來的時候已經檢查過江未歇的病情，現在再看情況，心裡頭也有了底。雖然中了伏葛的毒，但所幸中毒不深，只因孩子本就身體差才會反應大。

李長河一邊讓人趕緊熬製催吐解毒的藥，一邊用銀針幫江未歇逼毒。

江家的人在旁邊看著，村上鄰里的人有些因為太睏了便回去休息，只留下幾個族內近親幫忙。

一直折騰到下半夜，李長河微微地舒了口氣。

江未歇已經沒什麼大礙。

李長河看出江母也中了毒，讓她也喝了碗湯藥，腹部疼痛慢慢地轉好。

以防江未歇病情有變，李長河便守在床邊。

蘇家父母和蘇荏也都陪著他留在江家。
破曉時分，江母又喝下了一碗湯藥，腹部也不疼了。
床榻上的江未歇還在昏迷中，但臉色明顯好了許多。
這時蘇荏提起藥方的事情來，江父將藥方拿給她。
當看到伏葛的時候，她不由地瞪目。
伏葛五錢？
「這不可能！」蘇荏心中否定，忍不住脫口而出。
江母含著怨氣怒道：「這就是李郎中開的藥方。開錯了方子，現在想抵賴？我兒若是能好倒罷了，若是好不了，這事情沒完！」
蘇荏看了眼江母，然後又細細地看著那個「五」字，墨色竟然絲毫不差，完全就是一對筆墨書寫而成，而這筆跡正是自家外翁的。
可昨日她見到的明明是一錢，怎麼會成五錢？
「江嬸，這藥方可還經過誰的手？」
江母用熱布給兒子擦臉上的虛汗，沒有理會。
江父明白她的意思。「我兒病急，李郎中開了藥方，我就急匆匆去抓藥了，除了我，哪裡還有別人經手。」說完，又補充了一句。「未歇倒是看過一眼。」

江父眼睛睇了一下木床上昏迷的少年。

蘇荏順著他的視線，看向骨瘦如柴的少年。

江未歇四歲就跟隨江秀才讀書識字，聰明好學，江家也是寄予厚望。只是命運不濟，小時候得了場大病後，身子骨一直很差。

現在這副模樣，恐怕筆都拿不穩，何來修改藥方之說呢？

「是在鎮上王家藥鋪抓的藥？」她又問。

「咱們三山鎮也就這一家藥鋪。」

蘇荏也不藏著掖著，直言道：「我昨日過來的時候，外翁正在開藥方，我見藥方上明明寫著伏葛是一錢，可這張藥方上面伏葛卻是五錢。伏葛是有毒性的草藥，這連我都知道，外翁斷不會弄錯。就算是筆誤，一也不能筆誤成五。

「這藥方肯定是被人改動過。江小郎既然也見過，素聞他記憶過人，待他醒來，你問問他可曾記得最初這伏葛到底是幾錢。」

江母冷哼，白了他們蘇家人一眼。

「開錯藥方就是開錯，還有什麼好辯解的？我兒不懂醫術，又在病中，腦子都糊塗的，哪裡記得！」

蘇荏不喜江母的態度，但如今他們不占理，只好耐心道：「若是我外翁開錯方子，我們蘇家也不推脫；可若是有人蓄意加害呢？沒有我外翁，他們還會借別人之手害江小郎。」

江母聽到這兒，心裡才咯噔一下，腦子清醒過來。

只是她想不出來誰會害自己病重在床的兒子，他幾乎不出門，更是沒有得罪任何人。

其他人也都是心中一緊，相互看了眼，若有所思。

蘇母見此，忙著解釋自己父親行醫幾十年，從沒出差錯，這次肯定是誤會，一定要弄清楚。她對自己父親的醫術還是很信任。

一直接近晌午，江未歇的病情才轉為穩定。

李長河留下藥方，承諾每日過來給江未歇複診。

蘇父也承諾，這段時間醫藥的錢由蘇家負擔。

江家才鬆口，讓蘇家的人回去。

臨走的時候，蘇荏還是請江父留個心眼，抓藥前將藥方多抄一份備用。

見蘇荏這麼鄭重其事，倒是讓江家的人都開始懷疑。

是不是裡面真的有蹊蹺？

李郎中行醫四十多年，未曾有一次失誤，而且是這麼明顯的大錯。

待蘇家人離開，江家人都冷靜下來。

江母忽然想到昨夜兒子吃藥前要看藥方，如此反常的舉動。

當時兒子驚慌急迫的神情，讓她越想，頭皮越發麻，心中越發慌亂，手都開始顫抖了起來。

簡直太可怕了！

江母立即和江秀才說了昨夜的事情。

當時江秀才也在，親眼看著孫兒用盡全力打翻藥碗，心下也有些忐忑。

他仔細詢問女婿，在抓藥的時候，還有誰接觸過藥方，心裡也有了大膽的猜測。

真的冤枉了李郎中？

第三章

李長河畢竟年紀大了，精神和身體被昨夜折騰得極其疲憊，回去後吃些東西，就被蘇父、蘇母勸著先休息了。

蘇荏此時也頭腦昏沈，又發燒了起來，喝了藥後，在藥物作用下很快沈睡過去。養了幾日，蘇荏的病好了，江未歇還一直昏迷著。

蘇荏陪著李長河去江家複診。

剛到村口，見到從鎮子上賣豆腐回來的江樹，推著雙輪板車，豆腐已經賣光。

江樹是江秀才的獨子，可惜不是讀書的料，書怎麼都背不會，長到弱冠年歲，背不會幾篇文章。

江秀才無奈，只能放棄兒子，把希望寄託在孫子身上，卻不想孫子聰穎是聰穎，奈何身子骨不行，病重起來完全靠藥吊著命。

為了給兒子治病，江樹做起了豆腐生意。

做了十幾年的豆腐，他琢磨出獨家的製作工藝。豆腐不僅賣相好，嗅起來還有獨特的豆香，口感細膩鮮嫩、味道純正。

鎮子上好幾家賣豆腐的，就數他的受歡迎，豆腐未到晌午就賣光，總是空車而回。

蘇荏和外翁隨著江父一同朝村子裡去。

村上的人見到李長河，沒有了之前那般熱情的招呼。

剛進小院，就聽江未晚說，江未歇醒了。

東偏房內，江母剛給江未歇餵完藥，就見幾人進門。

江未歇微微抬眼看過去，面色較幾日前好了許多，只是依舊瘦骨嶙峋，看著讓人擔心他隨時可能喪命。

他醒了有一會兒，剛剛江母已經給他說了那夜的事情。

此時看著走進來的老郎中和小姑娘，他心中翻江倒海，不是滋味。

前輩子恨了一世，害蘇家家破人亡，到頭來，竟然是一場誤會？他恨的恰恰是自己的恩人。

目光落在床尾小姑娘的身上，當年的畫面再次浮現腦海。

為了救她的外翁，為了求江家別再追究她外翁的罪，她跪在他家的院子裡三天三夜，幾度昏厥過去。

那幾日正下著春雨，他就躺在床上，透過窗戶看著雨中的她，倒下爬起來，再倒下再起來，反反覆覆。

最後因為病重昏迷可能會喪命，阿翁才叫人將她送回蘇家。

之後他再沒有見過她，只是不斷聽母親說蘇家發生的事，說這個可憐小姑娘的遭遇。

她的外翁抑鬱而終，父親遭遇不測，兄長戰死，母親病故，而她也嫁給了山前村段家，丈夫對她常常暴打，婆婆也不待見她，動輒打罵。

在他臨終前聽聞，她妹妹被人賣進了窯子，弟弟被人打死街頭。

而江家也諸事不順，因為他的病一日重似一日，阿翁悲傷過度先他而去；父母操勞過度，落下許多病根；妹妹因為給他治病，被逼嫁給一個比她大十幾歲的傻子。

兩家人的不幸，根源卻都是因為一場誤會，多麼荒唐！

眼前的李郎中還是記憶中那樣慈眉善目、和藹可親。

小姑娘卻遠不是他記憶中的那般模樣。

記憶中，她為人溫和，遇事還有些膽怯，可那夜的她就好似一頭凶猛的獅子擋在家人的前面。

前世在李郎中給他醫病的時候，她並沒有來，也沒有看那張藥方，可今世竟然變了。

不知是哪裡出了差錯……

正當江未歇腦中思索著，李長河已經向江母詢問一圈他現在的情況，走到床邊給他診脈。

蘇荏看著木床上的少年，暗淡低垂的眉眼，不時眉頭微微蹙起，不知是因為身體難受還是在想什麼。

前世與他只能說見過幾次面，其他都是聽別人說起，最多便是誇讚他聰明俊美和惋惜他的身子骨不好。

像他這樣聰明、愛讀書的少年，心事都是很重的。

段明通的弟弟——段明達便是一個例子。

前世她嫁到段家十幾年，瞧見段二郎永遠愁眉不展，無論是中舉及第還是娶妻生子，似乎都沒真正高興過，心中永遠都藏著事。

段家之於她，唯一還能算是個人的，也就只有段二郎了。在段家沒人把她當人看，只有他敬重她，只是這種敬重卻往往給她帶來不幸。

最後她毒死了他的母親、兄長、妻子，不知他是否恨她入骨，想將她挫骨揚灰？

這都是身後之事，她無從得知。

「身子好了不少，按照先前開的方子再吃幾日，我再調整方子。」

李長河收起脈枕，慢慢起身。

蘇荏上前，幫李長河整理藥箱，忽而聽到床上少年文弱的聲音。

「李郎中，蘇家妹妹，對不起。」

眾人皆是愣了下，江家父母也面面相覷。

江未歇緩了幾個呼吸，輕聲道：「那藥方我瞧過，買藥前、買藥後伏葛劑量不同，加了四錢。」

幾人皆震驚。

蘇荏激動地對江家父母道：「我外翁開的藥方沒錯，這是誤會。」

江母也覺得不可思議，坐到床沿仔細地問：「那日你病重，腦子糊塗，可記得清楚？」

江未歇勉力扯出一絲微笑。

「娘，那藥方兒子都能背下來，怎會弄錯？」

說著，他還真的將藥方給背了出來。

他們均知江未歇聰穎，誰都沒想到他背得一字不差，好似照著藥方讀了一樣，幾人也都信了。

「難道真的是王家藥鋪的人動了手腳？」江父嘟囔一句。

江母怒火立即湧了上來。

「不是他們還有誰？藥方你都沒離手，就買藥的時候給了王桑，那只能是他搞的鬼！他想害死我兒子，我要和他拚命去！」

江母怒氣沖沖就朝外頭去，江父立即攔住。

「妳沒憑沒據，拚什麼命？」

「那藥方不就是憑據？」

江父朝李郎中看了一眼。

「王家不認，說是按方子抓藥，妳能怎麼說？還是再想想法子。」

「你想你的法子去，我不管，他害我兒子差點丟了命，我就不能讓他安生！」

江母一把推開丈夫，拿著藥方就憤怒地衝出門去。

江父立即追上去攔著。

他清楚自家婆娘的性子，別的事情都有退一步的餘地，唯獨兒子的事情上，她真的能和王桑拚命。人可不能幹這種傻事。

江未歇開口喊了幾聲，但是聲音太小，江母根本就沒聽到。

蘇荏隨著外翁走出門，見江父緊拉著自家妻子。

江母也不管不顧，撒潑地對丈夫又打又罵，罵他不管兒子死活，日子沒法過了。

周圍的鄰居都圍了過來，待弄清楚情況後，眾人也都是心中哆嗦。

幾個近親立即拉著江母，要一起去鎮上找王家藥鋪算帳。

其中一個婦人恍然大悟叫道：「難怪前兩個月我兒子發燒，怎麼吃藥都不見好，我也不識字，肯定是那王桑動了手腳。」

「咱們鎮上就他一家藥鋪，平常藥賣得貴不說，還想動手腳坑錢，竟然差點要了未歇的命。嫂子，我和妳一起去。」

幾個婦人妳一言我一語，拉著江母朝鎮子上去，誰都攔不住。

還有一個男人拉著李郎中一起去，並讓蘇荏留下。

這種打架鬧事，小姑娘家不應該跟著。

蘇荏想了想，立即回蘇家說了此事。

蘇家父母聽完，也立即去鎮上，蘇荏則帶著弟妹在家守著。

直到晚飯的時候，蘇家父母才陪著李長河回來。

且說江母在王家藥鋪門口大吵大鬧，罵他坑害自己的兒子，要將王桑剝皮抽筋，不一會兒門口就圍滿了人。

江秀才是三山鎮唯一的秀才，又在鎮子上教書，很多人都認識他，知道他有個病殃殃的孫子，也知道前些天他和三山鎮最好的大夫李長河鬧出事情。

原來其中有人從中作梗、故意陷害，不僅差點害死人，還冤枉了李郎中。

李郎中那可是好大夫，很多時候出診路上遇到了，讓順便給看個病、把個脈，不耽擱時間也就不收診金。

一個是孩子們的私塾先生，一個是好大夫，均被王桑這不是東西的玩意兒給坑害，再聯想到王桑平時為人奸猾，賣的藥比縣城藥鋪貴許多，賒帳還要利息，不然不賣。

眾人均義憤填膺，紛紛罵王家貪財害命、嫁禍於人、禽獸不如等等。

最後眾人支持江家，將王桑告到縣衙去。

王桑不承認改藥方，認定按方抓藥。賣藥貴賤，還是你情我願，沒有強逼。

王桑跟媳婦以及兩個兒子、兒媳和所有人吵了起來，觸了眾怒，最後被眾人堵在藥鋪，哪兒也不讓去，要等天明直接送縣衙。

李長河上了年紀，就和蘇家父母先回來。

次日一早，李長河在蘇普陽相陪下，到鎮上和江家的人一起去縣衙。

蘇母擔憂江村那邊，江家幾位長輩不在家，江小郎還臥病在床，江家小姑娘一個人照顧不來，便讓蘇荏去看一看。

畢竟江未歇也算是一個人證，蘇荏沒有猶疑就前往了江村。

只是一路上她都在疑惑，為何前世江家小郎沒有看藥方，今世就看了呢？

若不是他出言，江家和蘇家的誤會無法這麼輕易解決……

到了江家，江未晚正在刷鍋洗碗，旁邊的小灶上正熬著藥。

「妳哥醒了嗎？」

蘇荏走進灶房幫忙看著藥罐。

「醒了，剛喝了碗粥。蘇家姊姊，灶房藥味難聞，妳別在這兒待著，要麼去陪我哥說說話，他今日說話稍稍有點力氣了。」

蘇荏回頭朝對面東偏房看了眼，反正在灶房也幫不上忙，她就起身過去。

此時，江未歇半靠在床頭一床捲成圓筒的被子上。

他目光正盯著門口，蘇荏進來的時候，他第一眼就看到了。

其實在蘇荏進院子的時候，他已經透過窗戶瞧見了。

「你可感覺好些了？」

蘇荏搬來旁邊一張小木凳子，坐在離床幾步遠的窗邊，瞧著床上人面色好了許多。

「嗯！」他微微地點點頭，目光一直落在蘇荏的身上。

真的和前世不一樣，眼神、說話的語氣、走路的步伐都透著沈著含蓄、淡定冷靜，甚至帶有一點對人世的不屑一顧。

她應該才十四歲，這個年紀的小姑娘單獨和一個少年相處，多半是羞澀、侷促不安，她卻很從容。

「你阿翁、爹娘和我外翁都去縣衙，一來一回挺遠，今日不見得能回來。今日外翁就不來給你複診。」

「我的身子自己清楚，沒什麼大礙。」

蘇荏點頭。

聽他說話的中氣足了些，看來這幾日經過外翁調理，身子恢復得不錯。

沈默須臾，江未歇開口，輕聲細語地問：「聽說妳外翁出診的那天，妳過來時候仍病著，怎麼生病的？」

蘇荏有些詫異地看著他。

這人只是問怎麼生病，卻不問現在狀況如何？這關心詢問的方式，更像是在打聽消息。

她只是回答落水受寒，並未言及救人。

江未歇沈默了一會兒，張了張口，最後還是嚥了回去。

今世既然兩家誤會解除，蘇家不會再家破人亡，她應該不會再嫁給那個人了，也無須他多此一舉的提醒。

江家和蘇家的人在縣城待了兩、三日方向。

王桑一開始咬定按方抓藥，死活不認罪。江母不依不饒，加上其他人對王家藥鋪的指控，眾怒難犯，又懾於知縣的威嚴和刑訊，王桑最後承認了。

這已經不是他第一次擅自竄改病人藥方，以前也幹過許多次，但都是加一點半星，而且全在調氣補血或者是無關緊要的草藥上，沒有鬧出事過。

這一次他一時貪心，加上三山鎮李郎中的名聲一直都比他響亮，他心裡因妒生恨，想藉此讓李郎中身敗名裂，以後三山鎮請他看病的人更多，開什麼藥也由他說了算，如此才能名利雙收。

王桑如今被關在縣衙大牢，賠了銀錢，王家藥鋪也被官衙查封。

事情總算是有個結果。

李郎中去江村給江未歇複診，江村的人瞧見他，態度又回到以前，甚至更加親和。

江家的人態度變得和善，對當初的誤會也賠禮道歉。

江未歇這幾日藥沒斷過，身子也好了許多。

李郎中給他重新開了方子，江家人趕著驢車到隔壁鎮了上去買藥。

沒幾日，就聽說縣城裡富康藥鋪的東家，將王家的藥鋪低價盤下來，改名富康藥鋪。

鎮上的人對富康藥鋪不是很熟悉，聽在縣裡做工的鄉親說，東家是縣裡大戶譚家。譚家幾代做藥材生意，還有一位長輩如今在宮裡當太醫，藥鋪信譽很好。

三山鎮接連下了好幾天的春雨，雨霽天晴，陽光也更加溫暖。早飯過後，李長河去江家複診，蘇父替蘇二叔家蓋新房子，蘇母和隔壁旺嬸坐在堂屋門前的太陽底下，教蘇苒和旺嬸的三個丫頭針線。

蘇荏在東偏屋內翻看醫書，旺嬸喊了她兩次，在外面看書暖和，但她都沒有出去。她不出去的原因，是不想看見旺嬸的大丫頭曉豔，她怕控制不住自己的恨意。

曉豔比她大一歲，人長得十分俊俏，用村上人的話說，是附近村子最好看的姑娘。曉豔自恃長得好看，心高氣傲，看不上媒人介紹的村裡兒郎，一心想嫁給鎮上或者縣裡頭的有錢人家。

旺嬸也盼著女兒高嫁，自己跟著沾光。

前世的曉豔就是兩年後，嫁給中了秀才的段明達，做了蘇荏的妯娌。本是鄰居，又從小一起長大，蘇家遭遇變故，有幸結為妯娌，本以為她們怎麼樣都比別人家的妯娌關係和睦融洽。

可曉豔嫁給段明達沒有多久，就在段母面前各種告狀、刁難她，特別是在生下段家長孫之後，更是沒將她放在眼裡。
在段明達科舉及第封官後，她竟然慫恿段母給段明通納妾，讓段母勸段明通休妻棄女另娶。
她有一個孩子的死，就因為她！
前世她親手毒死了曉豔，重生至今算來也不過才半個多月而已。
然而，孩子死的仇恨、十多年的欺辱……就算殺她十次都不能解恨。
她不能心平氣和地面對，所以她不見。
看著面前的醫書，這才是她今生安身立命之本。
正看得入神之際，聽到院子裡有些吵嚷，蘇荏無心地抬頭從窗戶朝外瞧了一眼，只一眼就愣住了。
一個年近五旬的胖女人，笑哈哈地扭著身子走到蘇母和旺嬸對面，在小板凳坐下，看了眼旺嬸跟前的三個丫頭和蘇苒，笑著誇讚了一遍。
她誇人還是很有水準的，眾人聽得心裡喜孜孜。
「劉婆，妳怎麼來了，是給誰家說親呢？」旺嬸一邊納鞋底，一邊笑問。
劉婆笑著道：「我這不都進門了嗎？」
蘇母看了眼劉婆，撚著線頭穿針，笑盈盈地道：「妳兒去從軍了，雖然前方仗不打了，可千里迢迢的，估計也還得幾個月才能回來呢！妳這來得可早了。」

「我就不能替人向妳家大丫頭來提親了？」

「大丫頭？」

蘇母朝東偏屋看了眼，正瞧見坐在窗口的女兒，臉色陰沈，眉眼含著一絲怒氣。

「我家大丫頭才剛滿十四，而且老大都沒成親，哪有將小的嫁出去，等過兩年再說。」

「妳都沒問問是哪家兒郎提親，怎麼就給推了？」

蘇母沒說話，她自己也是捨不得女兒這麼早嫁人。

旺嬸在一旁好奇地詢問是哪家兒郎。

「妳們沒見過也聽過，山前村段大功家的大郎，就是鎮子上做木工、開了木匠鋪子的。」劉婆樂呵呵地道。

「哎喲！」旺嬸叫了聲，立即拍了拍蘇母的手臂，激動地說：「那是個不錯的！他家大郎我見過，人長得模樣俊俏，也老實能幹。我聽說他家二郎還是個讀書人，書讀得很不錯，以後說不定是能做官的！」

「就是、就是啊！」劉婆興高采烈地拍著腿。「要人有人，要錢有錢，以後二郎做官了，大郎怎麼著也能弄個小官當當，咱們三山鎮哪有比這家更好的？關鍵是那段大郎看上了妳家大丫頭，催著讓我來提親，那是個知冷知熱的孩子，大丫頭嫁到段家，就是去享福的。」

「真是門好親事。」旺嬸在一旁讚嘆，甚至帶著些許羨慕。

旺嬸身邊的曉豔微微地抬頭朝南山方向看去，帶著幾分嚮往。

蘇荏此時瞪著劉婆，心中怒火快要控制不住，欲衝出去將劉婆大罵一頓、趕出家門。

段明通？他算哪門子的老實能幹？

算狗屁知冷知熱？

他就是畜生！是禽獸！是豬狗不如的東西！

她就是此生不嫁，也不會嫁那個混帳玩意兒！

蘇荏抓著窗戶框，就好似要抓在那個混蛋的心肺上一樣，因用力過狠，指甲都在木框上留下抓痕。

蘇母依舊客氣地笑著道：「等兩年，我家大丫頭還小。」

「十四哪裡還小？定了親，三書六禮一過，就小半年了，也快十五。再說丫頭大了可不好嫁的……」

劉婆說了一大堆話勸著，蘇母一直都找藉口推託。

段家大郎她見過，身材高大，人也俊朗，敦厚老實，是不錯。但是段母她也聽說了，是個性子凶悍的潑婦，女兒嫁到這樣的人家做兒媳婦，免不了遭罪。

蘇母素來性子好，不好當劉婆的面說段母不好，只能找其他藉口推託。可她的嘴哪裡能說得過劉婆，就連旺嬸都被說動了，一個勁兒勸她待蘇普陽回來商量一下，就應了這門親事。

忍了許久，蘇荏慢慢按捺自己的情緒，心中的怒火也漸漸平息大半。

蘇荏走出房門，對劉婆問：「我從沒見過段家大郎，他怎麼就看上我了？」

劉婆朝她看來，上下打量她，笑著將她誇了一番，還說與段家大郎般配，然後才回道：「就月初，妳在南山下的河中還救了他呢！人家段大郎感激妳的救命恩情，可見是個重情義的，以後……」

「我沒有救人！」蘇荏立即打斷了劉婆。

她和這個渣滓以後只有仇恨，沒有其他。

「我估計他是看錯人了吧？我沒救過他，可不能佔了這份人情，劉婆回去好好問問段家大郎，是不是弄錯了。」

劉婆被她說得懵了，看了看蘇母、旺嬸等人。

蘇母也跟著勸道：「是啊，若是錯了，人家還不說我們欺騙對方佔便宜，搶奪別人功勞，背地裡戳脊梁骨罵我們嗎？而且對段家也不公平。」

「段家大郎說是蘇村的，前些天還來村裡確認了，就是妳家大丫頭。」

蘇荏立即道：「月初水寒，他落水肯定凍得腦袋糊塗了，沒看清楚。咱們村和我年紀相仿、身材相似的人有好幾個呢！劉婆瞧我和曉豔個頭、身材不都差不多嗎？」

曉豔愣了下，一臉震驚地抬頭看著站在面前的蘇荏。

蘇荏扯出一個笑。

劉婆將兩人對比看了看，雖然一個站著、一個坐著，但她當了幾十年媒婆，眼光毒辣，還是看得出來，的確身材相似。

她沒有再勸，說了幾句閒話，然後藉口要去段家問清楚，便起身離開。

蘇荏看到曉豔目送劉婆離開後，低頭似乎在想什麼，手中的針都將指頭戳出了血。

旺嬸沒注意自己大女兒的失常，只顧對蘇母談論著段家大郎，心裡頭帶著豔羨。

「不知道是哪家的丫頭這麼好福氣，若是嫁過去肯定能享福，以後二郎做了官，不也跟著榮華富貴嗎？」

蘇母溫和地笑了笑，敷衍道了句。「說得是啊！」

可心中並不這麼認為。

蘇荏坐在板凳上，笑著對旺嬸道：「我看他也是找不到，月初河水多冷，凍都凍傻了，哪裡分辨得清誰救他？若是個滿臉麻子的人，段大郎難道還真的為了報恩娶了她？段大郎那樣貌、品行、家世，咱們村也就曉豔姊能配得上。」

「胡言亂語！」蘇母立即訓斥她。都是未出閣的姑娘，說話這般不知羞、不知臊的，而且有段母那般婆婆，不是讓曉豔去遭罪嗎？

蘇荏忙歉意道：「我一時嘴快，旺嬸、曉豔姊，妳們別怪我。」

「沒旁人，沒事的。」旺嬸笑著說。

曉豔也帶著幾分羞澀。「玩笑而已，不怪妳。」

「那就好。」蘇荏想了想。「曉豔姊，後天咱們一起去南山鹿鳴寺燒香、求姻緣可好？」

曉豔遲疑了下，笑道：「好啊！」

第四章

蘇村距離南山只有二里路，兩者之間是一片田地和地頭的兩排樹木，所以站在蘇村前，一眼就能夠看到南山，眼力好的人還能瞧見南山上的鹿鳴寺。

鹿鳴寺不是什麼大寺廟，只是在三山鎮有些小名氣，附近村落的人會去燒香拜佛，香火沒斷過。

特別是每年幾次廟會期間，燒香拜佛的人更多，就連鎮上也都是熱鬧得人擠人。

三月底，天氣已經暖和許多。

蘇荏挎著竹籃子出門，小弟蘇葦想要跟著她去南山玩，她用幫他買陀螺的藉口給勸哄住了。

蘇荏朝隔壁的旺嬸家看了一眼。

越過低矮的土石院牆，見到曉慧在院子裡晾衣服。

「大姊好了沒？荏姊姊在等著妳呢！」曉慧瞧見蘇荏後朝屋裡喊。

「來了、來了！」

曉豔須臾從堂屋內出來。她穿著一件鮮豔的花布裙子，頭髮梳得油光，手裡也拎著一個竹籃子，上面蓋著一塊花格粗布。

「荏兒，走吧！」

待曉豔走到跟前，蘇荏才發現她今日特地搽脂抹粉，本就俊俏的模樣，此時如同三月雨後的花朵般，水靈的杏眼、白皙的小臉、粉嘟的雙唇，嬌豔欲滴。

蘇荏自覺遺傳母親的容貌，五官不說多精緻，卻也是上乘的樣貌，但是和曉豔比，的確是差了點，如今站在特意打扮過的曉豔身旁，更是黯淡失色，只能做個陪襯。

未出閣的姑娘一起出門，大家都打扮得漂漂亮亮，誰都不想輸給誰。

可這次蘇荏沒有，只是穿著平常在家幹活的舊衣服，不但洗得褪色了，甚至胳肘處還有縫口。

對於這樣的反差，她不嫉妒、不生氣，反而心中有一絲安慰。

兩個人沿著村口的石子小路朝南山去。

山下的小河邊有插魚、打豬草的孩子；山上有放牛、羊的孩子，唱著童謠；還有其他伐樹、打野味的大人……

當然還有一些去寺裡燒香的人。

南山不大，沿著山路盤旋而上，不一會兒就到了鹿鳴寺的門前。

寺廟是三進的院子，前面兩進院子是供香客上香、添油、拜佛的大佛殿，後面則是寺中幾位僧人居住、坐禪、誦經之地。

進佛殿時，曉豔拉了蘇荏一把。

蘇荏下意識地甩開，曉豔懵然看著她。

蘇荏意識到自己的失常，笑了一下解釋道：「手腕這兩天不舒服。」

曉豔也沒當回事，然後興致濃濃地挽著她的臂彎進殿，拜佛求籤。

跪在佛前，看著身邊的人閉著眼唸唸有詞，一副虔誠的模樣。

蘇荏回頭抬眼，看著面前目慈眉善的高大佛像。

前世她信佛、求佛，可佛眼睜睜地看著她外翁冤死，看著她家破人亡、孩兒慘死，所以她後來就不信神佛了，如今也一樣。

蘇荏裝模作樣地敷衍了事，隨便抖落一支籤。

曉豔興沖沖地先把自己的籤遞給解籤的老僧人。

老僧人問她所求為何，然後撚著鬍鬚沈吟了片刻道：「下下籤啊。」

「怎麼可能？」曉豔立即反駁。

她這樣的容貌，以後怎麼可能姻緣不好？姻緣不好的人都該是那些長得醜的姑娘。

老僧人依籤詩詳細解釋，曉豔反而含著怒氣。

「你這是胡說！我將來定不會姻緣不順的！」

曉豔轉身就走，也不等老僧人說完，更不等老僧人為蘇荏解籤。
蘇荏本就不信解籤這種事，丟下了自己的籤，追著曉豔出了佛殿。
蘇荏又安慰又勸哄。「妳別生氣，老僧人他一生不娶妻、不生子，哪裡懂姻緣？算的肯定不準，不當真。尋個日子，咱們到月老廟去求籤，那兒肯定準。」
曉豔沈默了片刻，情緒慢慢地平靜，回頭看了眼佛殿，歉意地道：「害得妳的籤都沒有解呢！」
蘇荏無所謂地笑道：「老僧人解得又不準，我可不聽他胡說。」
曉豔笑著點頭。
「妳說得對，去年我表姊求姻緣籤也說是下下籤，可沒幾個月就嫁給鎮上殺豬的，家裡有錢，現在吃香喝辣、穿金戴銀，風光著呢！我覺得自己也不會比表姊差。」
「可不是嘛！」
蘇荏抬頭望了望太陽，差不多巳時末了。
「咱們先回家吧！」
兩人走到鹿鳴寺大門處，瞧著山路上走來兩個人，一個十六、七歲的少年，亦步亦趨跟在年近四旬的婦人側後方半步，不時地伸手去攙扶婦人，婦人也不斷回頭和少年說話。

兩人面帶微笑，一副母慈子孝的景象。

蘇荏朝身邊的曉豔看了一眼，她目光正落在那個面容英俊的少年身上。

見狀，蘇荏「哎喲」叫了一聲。

「我肚子不舒服，去下茅房，妳先等我。」

說完，也不待曉豔回應，她人已經轉身朝後殿疾步小跑。

曉豔回過頭，山路上的母子倆已經走到寺前。

她不認識少年，但是昨日她去鎮上趕集，見過這名婦人——就在段家木匠鋪。

此時她心中也猜到個七七八八了。

少年要個頭有個頭，要相貌有相貌，看著老實巴交，是個容易降住的人。

曉豔想到自己的娘，嫁給爹七、八年，連生了三個閨女，沒一個兒子，婆婆還是個潑辣的人，擱在誰家都要被一大家嫌棄。但是，娘就是降住了爹，在家裡站穩了腳，她說什麼就是什麼，只是爹病死得早，和公婆也分了家，日子雖然艱難，可也沒受過誰的氣。

娘說得對，老實的男人可能沒大本事，但容易管。

成親後都聽妳的，婆婆再橫，能拿妳怎麼樣？

家裡還是妳說了算，何況還是長子……

想到這兒，曉豔跨步邁出門檻，忽然腳下一拐，不偏不倚地摔在當門口，擋住了進寺的路。

「這丫頭，走路也不當心。」段母抱怨了一句。

曉豔慢慢抬頭，目光直接落在一旁的少年身上，微微露出訝然，又立即羞澀垂眸。

少年瞧見面前的姑娘，精緻的五官、小巧的臉蛋、玲瓏有致的身材，愣了一瞬，忙上前攙扶。

「妹子，妳沒事吧？」

「沒、沒事。」藉著少年的手站起後，曉豔忙羞赧地躲開一步。「怎麼是你？」

少年愣了下，然後又將曉豔上下打量一番，帶著幾分激動問：「妳認識我？」

「我……」

曉豔微微移開目光，朝山下的小河看了眼。

少年也順著望過去，心中有所猜測，更加激動。

他上前一步，剛要開口，曉豔忙又躲開一步。

少年雖意識到自己失禮，卻仍興奮到話不成句。「那日是妳……妳救了我？我……我那日凍得厲害，沒瞧清楚，還……還差點認錯了人，我……」

他說著說著，也跟著不好意思起來，微微地躬身道：「多謝妹子救我，我……」

「我要回去了。」曉豔嬌羞地抬眸。

一雙水靈的杏眼滿含秋波，轉眸的那一瞬間溫柔似水，更是勾走了少年的心。

段母望著踩小碎步急急下山的姑娘，笑得咧開了嘴。

「大郎，這丫頭模樣俊俏，要腰有腰、要臀有臀，一看就是好生養的。待會兒燒完香，請人去打聽打聽哪家的丫頭，讓劉婆去給你說親。」

段明通被勾了魂，看著下山的路發呆，好一會兒才恍惚回過神。

「嗯」了一聲，段明通攙扶母親進寺，仍舊忍不住回頭朝曉豔剛剛離開的方向張望。

待母子兩人進了佛殿，蘇荏才從一旁的牆邊走出來。

剛剛寺門口的一幕，她全部看在眼中。再看佛殿內的兩人，她的手不由得攥緊，氣息也急促了幾分。

既然你們你情我願，那就讓大家都得償所願。

蘇荏離開鹿鳴寺，在山下小河邊見到曉豔。

曉豔坐在石板橋頭的大青石上，一張小臉羞得白裡透紅，更是誘人，嘴角一直掛著甜甜的笑意。

蘇荏踟躕了一下才走上前。

「遇到什麼好事了，這麼開心？」

曉豔驚慌了一下，忙站起身掩飾。「哪有。」

但她的手不自覺撫上滾燙的臉頰。

「妳笑得都要合不攏嘴了，還說沒有？」

「就是沒有！快回家，我都餓了。」

曉豔說完，挎起籃子轉身朝石板橋上走。

蘇荏冷笑了一下，也跟了過去。

回到家後，蘇母詢問她求的籤上面怎麼說，她將事情經過簡單地和蘇母一說，但忽略了關於段氏母子的內容。

下午，蘇荏就瞧見段家的鄰居——嫁到山前村蘇大槐的姊姊——回娘家，不多會兒就去了隔壁旺嬸家。

蘇荏在院子裡跟著外翁翻曬草藥，聽到隔壁嘻嘻哈哈的笑聲，很是歡暢。

她將旺嬸的聲音聽得清楚，心中知道事情有了進展。

從隔壁回來的小妹蘇苒興沖沖地道：「原來月初救了山前村段大郎的人是曉豔姊！真是沒瞧出來，她平日在家洗衣服嫌水冷，都欺負曉慧洗，竟然敢跳進河裡救人。」

李長河疑惑地朝自家大外孫女看了一眼。

月初，她也在南山腳下掉進河裡，雖然當時她說是不小心從石板橋上摔下去，但日子是不是有點巧合？

和隔壁曉豔那丫頭相比，他倒認為大外孫女才是那個會跳水救人的。

蘇荏知道外翁的懷疑，她裝糊塗地對蘇苒道：「人命當頭，救人要緊，哪裡還想河水冷不冷，怎能質疑別人的好心呢？」

蘇苒想了想也是。至少若是換作她遇見了，也會跳下去救人。

「姊，我聽說是三月初四那天，妳不也掉入南山小河裡？不會也是去救人，卻瞞著不告訴我們？」蘇苒打趣地道。

蘇母端著乾菜筐子從灶房出來，對蘇苒訓斥道：「妳這丫頭，就會胡說！妳姊是不小心摔下去的，妳這話讓妳旺嬸聽去，還說咱們要搶人家功勞呢！不許胡說！」

蘇苒吐了吐舌頭。

「娘，我就是和姊說笑的，才不會和外人說呢！」

蘇荏再次朝東邊旺嬸家的院子看了一眼。

她之所以沒有將救人一事告訴家人，也是因為怕家裡人擔心，卻不想這個秘密幫了大忙。

東邊的院子鬧了許久，她隱約聽到蘇大槐的姊姊各種誇讚段大郎和段家的好，說得天花亂墜。

前世她父母皆亡，段家差媒人向自家二叔提親，說的也是這般話，想來真是諷刺。段明通太會偽裝了，外人面前他就像隻憨厚蠻幹的黃牛，可在妻兒面前，他就是吃人不吐骨頭的虎狼禽獸！

次日，劉婆就登了旺嬸家的門。

劉婆是個大嗓門子，隔著土石矮牆，蘇荏清楚地聽了一耳朵劉婆誇獎段明通和曉豔的好，如何如何般配。

沒隔幾天段家就將聘禮抬來了。

段家家底厚實，加上娶的又是救命之人，聘禮自然不敢少，免得落人口舌，所以下的聘禮，算是這幾年蘇村嫁閨女給得最多的。

旺嬸私底下樂得合不攏嘴，以前因為寡婦又無子，在村上總有些矮人一頭，現在出門底氣也足了，每天神采奕奕。

曉豔的事情，十之八九已經成了，至於段家什麼時候娶、娶了之後如何，那就是後話了。

蘇荏暫時全身心投入到學醫上，每天跟著李長河認識草藥、採藥、看書、出診……幾乎是形影不離。

李長河去江家沒以前頻繁，一般四、五天去複診一次。

這日，李長河沒有其他上門求醫的患者，就帶著蘇荏去了江村。

江未歇經過這段時間的調理，已經能夠拄著木棍下床行走，只是步子不穩，也站不長時間，力氣更是尚未恢復，連七、八歲孩子都能提動的小半桶水，他也拎不起來。

每天他就閒坐在房間或者院子內看看書、寫寫字，家中的任何事情，江母也都不讓他沾手，是個清閒的人。

人閒了，想的事情就多了。

前些天聽母親說，山前村的段家託媒人去蘇家提親，他心裡擔憂，生怕蘇家應了這門親事，想待李郎中過來複診的機會，暗中和他說一說。

想不到沒過幾日，段家就換了人，向蘇家的鄰居提親。

如此丕變，在他看來是非常反常。

前兩天又聽說段家聘禮都下了，這親事眼看就要成了。

他心中忽而生出幾分惆悵。

雖然那個小姑娘沒有再步入前世的不幸之路，卻讓另一個姑娘踏進去了。

但這種嫁娶之事，也不是他能管和管得了的，所以他也不願操閒心。

上輩子只活了十七年，遺憾太多，虧欠太多，這輩子他只想活得長久點，彌補遺憾，償還虧欠。

正當江未歇沈浸在自己的意識中，柴門被推開，李長河帶著蘇荏進來了。院中的江母熱情地迎了上去，並喚了兒子一句。

江未歇才透過窗戶看到走來的兩人。

他走出東偏房，將人引到堂屋坐下。

好些天沒見，小姑娘的精神、氣色都好了許多，只是面上一如既往的平淡，沒有一絲笑容，甚至眼神冰冷，與前世太不一樣。

他唯一能給自己的解釋，就是因為上個月的事情，江家對蘇家逼迫過甚，她至今怒意未消，所以並不待見他們江家人。

李長河複診後，笑著道：「康復得很快，照著方子再吃半個月應該就沒什麼大問題。以後還得繼續慢慢養著，固本培元的補藥還是要吃。」

李長河轉頭對江母道：「其實小郎的身子若是養得仔細，一、兩年就能和常人差不多了。」

江母聞言，激動地當即拍腿大笑。

她從沒想過兒子會有恢復健康的機會。若是那般，兒子將來也可以娶妻生子、成家立室，簡直是江家的大幸。

江母再次對李長河感激地千恩萬謝。

李長河給江母和江未歇說了各種調養要注意的細節。

江母尷尬地笑了笑。「這麼多，我也記不住，還勞煩李郎中給寫出來。」

說完，江母起身就要去兒子的房間拿紙筆。

李長河呵呵地笑道：「小郎差不多都記下了吧？」

江未歇羞赧一笑，點了點頭。

「小郎這般聰慧，若是身子養好，以後讀書考試定能高中，咱們三山鎮還能再出一個秀才，甚至舉人、進士呢！」

「李郎中太過獎了，我不過就是會耍些小聰明而已。」

李長河打量他，肯定地道：「你這孩子倒是謙遜。」

幾人笑著淺聊了幾句。

蘇荏將藥箱整理好，揹在身上。

江秀才父子都不在，只有婦人、小郎在家，李長河也不便多逗留，便起身出門。

剛走到院子中，江母忽然叫住他們。

江母轉身進了灶房，俄頃提著一個竹籃出來，遞到李長河面前。

「李郎中，你這兩次出診也沒收診金，我們也不好意思，家裡沒什麼稀罕的東西，這一筐豆腐你拎回去，雖然不值幾個錢，好歹是我們謝你的。」

李長河剛想張口婉拒，江母立即打斷他。

「你可千萬要收下，否則我們真過意不去了。上個月的事情，讓你受累，我這個人不會說話，當時情急說了些難聽的，你也不記恨，還一心給我兒子瞧病，我們感激不盡……」

江母又說了一堆，情真意切。

盛情難卻，但是念及江家給兒子治病的花費不小，這一筐豆腐也能賣好些錢，李長河沒有全收下，只包了幾小塊。

江母和江未歇將兩人送到院門口。

看著一大一小的兩個背影遠去，江未歇拄棍愣了許久，直到那個小的身影被村口轉角的房屋遮擋住。

江母瞧著兒子的神情，想到這些天，他總是一聽到關於蘇家大丫頭的事情就追著問，特別是得知山前村段家上門提親的消息，問得更仔細。

她做娘的人也看出兒子的幾分心思，此時瞧他又是這般模樣，便拍了下他的手臂。

「那丫頭模樣不錯，如今跟著李郎中學醫，以後也是有出息的，就是性子太烈了。」

想到上個月那夜，蘇荏丫頭衝著江家人怒吼發飆的模樣，著實嚇人。自家兒子性子溫和，身子骨又不好，哪裡受得了這樣？

江未歇知江母之意，淡淡地笑了笑。

「娘想多了，我沒別的意思。」

江母長嘆了聲。

「娘想以後給你找個性子柔、懂得照顧人的就行。」

江未歇看了眼江母，轉身撐著枴杖，慢慢朝自己的東偏房去。

若說性子柔、懂得照顧人，那他上輩子認識的蘇荏應該就是最好的。

可惜那麼好的姑娘，段大郎竟然不知道珍惜。

第五章

走在回家路上的蘇荏悶聲不說話，藥方的事情雖然解決了，惡人王桑也得到了應有的懲罰，但是對於江家，她心中的那個疙瘩還是解不開，特別是對於江母。

江母總是能夠讓她回想起前世，她對自家外翁窮追不捨地問罪。前世家人和自己的不幸，不可不說與此有莫大關係。

雖然江母是受害者，也相當可憐，可這一切就像一根刺插在她心口，即便拔除了，還是會隱隱作痛、留下疤痕。

半個月後去江家複診，蘇荏沒有同去，只聽外翁說，江家小郎較上次身子好了許多，雖然依舊弱不禁風，但好歹是能走能跑了，簡單的輕活也能幫上忙。

且說段家又讓劉婆到旺嬸家去傳話，準備待夏收後，就將人迎娶過門。

旺嬸也沒有多推託，事情就這麼定下，只待夏收後，選個好日子。

端陽前後，正是夏收農忙之時，家家都鬧哄哄的，割麥子、拉麥子、打麥子、曬麥子，隨後就是交租子。

因蘇荏的家裡頭是軍戶，出了人從軍當兵，所以朝廷免租，家中口糧每年還算充裕。

算了算日子，差不多就是交完租子後的次月，和大哥一起去從軍的蘇大槐回來了，並帶來大哥戰死的消息。

蘇大槐家和他們家一樣都是軍戶，家有三個兄弟，大哥是個傻子，三弟年幼，最後蘇六婆就讓他應招從軍。

從軍的時候，他的兒子才一歲多，剛學會走路，現在都四、五歲了，滿村跑。因為他常年從軍不在家，他媳婦不是安分的人，村上的婦人暗中常說她媳婦與別人勾搭成奸。

前世蘇大槐帶回消息的時候，李長河與蘇普陽都已經慘遭不幸，所以蘇母沒能承受喪子的打擊，一病不起便離世了。

蘇荏也一直以為自家大哥死了，因為蘇大槐回來的時候還帶來一筆撫卹金，說是朝廷發的。

撫卹金並不多，蘇荏給母親請大夫、抓藥沒幾次就花光了。

蘇大槐家卻蓋了五間寬敞的大房子，拉起了大院子，又買了一頭力壯的耕牛，置辦了新的家具，這些遠超朝廷發放給普通士兵的軍餉。

蘇荏當時只是懷疑對方貪了朝廷給他們家的撫卹金，卻從沒有想到大哥還活著。直到十來年後，她隨著段家輾轉到了京城，聽到消息，得知大哥當年並沒有戰死，反而因為屢次立功封了將軍，鎮守邊關。

那時她才明白，當年蘇大槐貪的是大哥立功的賞錢。

只是她因段家阻撓，無法與大哥取得聯繫。

次年，她聽到大哥戰死殉國的消息。

她一直認定當年大哥肯定回鄉過，只是因為某些原因而沒有能夠找到她。

大哥向來疼他們這些妹妹、弟弟，不可能知道他們還活著卻不聞不問。

那時候大哥已經是四品的將官，就算自己脫不開身，也有能力託人來尋找他們。

只是為何沒有結果？

前世有什麼變故，她也無從知曉。

但是今世，她要弄清楚這些，絕不讓家人白白為大哥悲痛傷心一場。

在蘇大槐回來之前，段家已經選定日子，蘇母和蘇荏被旺嬸請去幫忙準備嫁妝之類的零碎事情。

蘇荏完全目睹了曉豔對於這門親事是如何的滿意和嚮往，似乎連娶親的日子都等不及了，急著嫁過去。

成親的日子逼近，旺嬸求蘇母應了件事，就是讓蘇荏和她二女兒曉麗，還有村上另外兩個未出閣的姑娘一起去送嫁。

這是三山鎮的習俗，凡有姑娘成親，都要有未出閣的姑娘送嫁，將新娘子送到婆家後，吃了喜酒就回來，其他什麼都不用做。

送嫁的人越多，越顯得娘家看重女兒，也是給婆家臉面，旺嬸就選了四個。

蘇荏一開始不同意，藉口自己怕見生。但是旺嬸和曉豔一起又是扯人情又是扯鄰里的好勸歹勸半天。

蘇荏回到家靜下來想了想，去了也沒什麼不好。

看著前世的兩個仇人結為夫婦，看著自己一手促成的「姻緣」有什麼不好？

她想看的還不只這些。

六月十六，秋季的莊稼都已經種下地，算是小小的一段農閒時候。

天空灰暗偏陰，沒有烈日當頭的焦灼悶熱，夏風從村南的田地裡吹來，還有一些涼爽。

前來旺嬸家祝賀幫忙的人都說天公作美，給了個好天氣。

蘇荏走進曉豔居住的西屋，曉麗和村上另外兩個送嫁的姑娘也在，笑笑鬧鬧地誇著曉豔今日好看。

曉豔今日打扮嬌豔如花，讓人忍不住想多看兩眼。

她穿著一件火紅的嫁衣，這是旺嬸找人趕製的，腳上一雙鴛鴦繡花鞋是旺嬸親自做的，桌上的紅繡帕是曉豔自己繡的。

她不是個勤快人，但是繡活做得還不錯，這也算是她除了長相和身材外，難得一樣能夠拿出來誇讚的。

院子裡鄰里在忙活，聲音吵吵嚷嚷。

曉豔不時抬頭透過窗戶朝外看，目光灼熱，有些焦急期盼。

一旁的阿芙笑著打趣她。「曉豔姊，妳急什麼？這會子該急的是妳的男人段大郎才是。」

「對啊！」冬月附和。

蘇荏回頭透過窗戶朝外看，此刻心中也很是期待。

沒過多會兒，就聽到村上一些孩子吵鬧地跑進來，又叫又喊。

「花轎來了，花轎來了！」

曉豔慌忙地站起身想出門去瞅，曉麗一把拉住她。

「大姊，妳著急什麼？大姊夫還能跑了不成？妳這麼急躁，讓村上人瞧見了，難免說閒話。」

曉豔輕輕跺了下腳，轉身走到桌邊坐下，忍不住朝窗外望去。

蘇荏笑著道：「我去幫妳瞧瞧。」

從南山往蘇村的石子路上，一行迎親的人，抬著花轎，吹吹打打，前後似乎還有半大的孩子跟著取鬧。

不一會兒，迎親的隊伍就到了村頭，沿著村前小路進村。

那些拿了糖果、零嘴的孩子笑鬧著在前頭帶路。

花轎前的段明通穿著一身喜服，對著村上圍觀道喜的人禮貌地笑著招呼問好，得了蘇村不少人誇讚，就連一些未出閣的姑娘瞧見，也都露出羨慕之情。

蘇荏站在旺嬸家門前，看著段明通領著迎親的人一步步走來，手不自覺攥緊了些，牙齒也咬得發酸。

「荏兒，在這裡看什麼？快進屋去！」院子內的蘇母喊了她一聲。

她恍然回過神來，意識到剛剛自己神情有異被母親發覺了。

如今曉豔大喜的日子，她這樣的情緒的確不合時宜。

她應了聲，忙轉身朝西屋去。

迎親隊伍到了旺嬸家門前，嗩吶吹得更響，鑼鼓也敲打得更加震耳，伴著炮竹噼啪的聲音，即便是靠在一起的兩個人，說話都要大聲喊，對方才能聽清。

蘇荏和其他三個姑娘忙著將紅繡帕給曉豔蓋在頭上，遮住新嫁娘一張嬌豔的小臉。

段明通依著習俗一步步通過刁難，最後到了新娘的西屋門前。

這一關本來是要新娘的兄弟刁難阻攔新郎的，但因曉豔沒有兄弟，兩位叔叔家的堂弟太年幼，最後就交給了村上幾個少年郎。

段明通一直過不了這關，劉婆從旁幫忙，拿了幾份喜錢給幾個少年，將人給打發了。

最後拉著曉豔拜別旺嬸，母女哭了一場，依依不捨。

時辰不早，劉婆催促著，最後將曉豔給揹上花轎，接親的隊伍敲鑼打鼓地離開。

蘇荏自始至終都是旁觀者，看著無比熟悉的一幕幕，看著那個化成灰她都會記得的一張醜陋嘴臉。

她和曉麗、阿芙、冬月四個人，和其他送親的村人一起跟在迎親隊伍後面，伴著一路上吹吹打打的喜樂，朝段家而去。

段家所在的山前村，緊挨南山，再朝南約一里多是一條長河，此河穿過好幾個縣城，河邊有幾家打魚和渡船為生的人家。

從蘇村到山前村段家並未花多長的時間。

段家畢竟是娶媳婦，比旺嬸家熱鬧多了。

剛翻過南山，就聽到山下村子裡的熱鬧聲音。

滿村的人都圍在村口，迎著花轎到了段家。

蘇荏看著五間寬的土石堂屋，東、西兩側各兩間偏房的大院子，南側是雞鴨圈和一片菜園子，和她記憶中的畫面一模一樣，一點都沒變。

一身新衣的段母、身材高大的段父、笑出一臉褶子的段阿婆，還有那個乾淨清爽的少年段明達、明豔亮麗的段芬，以及山前村的老老少少，每一張臉都那麼的熟悉。

蘇荏的目光在人群中尋找某道身影，看了一圈才在一個婦人的身邊瞧見個十八、九歲的少婦，懷中抱著個剛會走路的孩子。

少婦與村上其他看熱鬧、滿臉笑容的鄰里不同，她眼神不屑，雙唇動了動，不知嘀咕什麼。

待新娘子被劉婆揹下轎朝院子裡去，少婦撇了撇嘴巴，抱著孩子轉身回自己家去。

她是山前村段二東的媳婦煙霞，和段明通是五服內的近親。

煙霞在娘家的時候就是個潑辣的性子，當初嫁給段二東，就因為段二東娘死得早，上面沒有婆婆，自在。

她脾氣不好，但心腸不錯，特別心軟。

蘇荏前世在段家受了許多委屈，都是她暗中幫忙，甚至還讓段家唯一明事理的段明達去勸段母。

在她第一個孩子因為段明通的暴戾而小產沒了的時候，她被段家嫌棄沒有保住孩子，沒人願意照顧病弱的她。

煙霞看不下去，和段母吵了一架後，又照顧她幾天，還把自家下蛋的母雞宰了給她燉湯。

因為這件事，她還和段二東起了爭執，後來帶著孩子回娘家，一個多月才回來。

若說蘇家遭遇不幸後，她還遇到過哪些好人，煙霞就是第一個。

只是好人沒得到好報。

沒兩年，煙霞的丈夫死了，年紀輕輕守了寡，隨後蘇荏跟著段家離開山前村，也不知道煙霞後來怎麼樣了。

一個寡婦帶著一個幾歲大的孩子，無論是守寡還是改嫁，生活都不會太好。

隨著送親的人一起進了段家的院子，拜了天地高堂後，段明通和家人一起招呼親朋賓客，四個送嫁的姑娘則陪著曉豔一直到酒宴開席。

蘇荏沒胃口，只吃了兩口，就找個由頭離開了。

段家院內、院外到處都是鄉親，一片熱鬧混亂，也沒有人會注意到她的來去。

蘇荏朝村西頭看了一眼，沒走多遠，在一個小院子門前停下。

院子裡的少婦煙霞，坐在樹蔭下摘菜。

小娃娃瞧見了蘇荏，拉了拉自己的母親，咿咿呀呀還不會說話。

煙霞抬頭看到她，冷冷瞥了一眼，然後繼續抖落菜根上的泥，掰著菜葉子。

蘇荏走了進去，然後蹲在孩子面前，將一塊麵糖塞到孩子的手中。

「吃糖，很甜的。」

孩子往嘴巴裡塞，煙霞這才不冷不熱地說了句。「妳是山後蘇村的吧?可是李郎中的外孫女?」

「嫂子，妳認識我?」蘇荏有幾分激動。

上輩子她直到嫁到段家，才認識煙霞。

「只是聽說幾個送嫁的丫頭裡面，有個李郎中的外孫女，模樣長得不錯，在送親的人裡頭，我瞧著就妳像。」

「有個新娘子的妹妹，可是比我好看的。」

煙霞冷冷瞥了她一眼。「那丫頭瞧著就不是省油的燈，我才不信李郎中那慈和的人，能教出那樣的丫頭。」

說完，煙霞又不屑地撇撇嘴。

蘇荏笑著道了句謝，也不為曉麗解釋。

雖然她對曉麗沒有像對曉豔那般恨之入骨，但前世蘇家落難，曉麗沒少落井下石，甚至在去看望她姊姊的時候，和她姊姊一起刁難欺負過她。

「妳來我這裡做什麼？」煙霞疑惑地打量著她。

「四處走走，路過，瞧見這小娃子乖巧，就進來了。」

吃著麵糖的孩子坐在一旁安靜地不說話，一雙大眼烏溜溜地轉著。

「嫂子，我剛剛聽人說，妳家二哥是在縣城北的烏屏山打獵、採摘野果子，是不是？」

煙霞好奇地看了她一眼，倒是實誠地回道：「也不是一年到頭都去，春天去打獵，秋天採野果，算來一年也就那麼幾個月。」

「烏屏山不似南山，那山頭大，裡面的禽獸、野果就連草藥也多。我聽外翁說過，有許多果子是有毒的，所以不認識的果子，讓妳家二哥千萬不能吃。」

煙霞對她忽然說的這些話感到突兀，愣怔地看了她須臾。「我家二東不是那饞嘴的人，不過妳好心提醒，我還是謝妳。」

然後便端著一筐掰好的菜葉子朝灶房去。

蘇荏也沒再多逗留，剛出了煙霞家的院門，她就瞧見從東面走過來的段明達。

他低垂著頭，似乎在想什麼，眉頭微鎖。

他總是這般心事重重，好似永遠有愁不完的事情。

蘇荏踟躕了一下，迎面走了過去。

在兩人走近的時候，她朝一邊走了兩步，有意錯開。

段明達抬眼看她，嘴角微微帶著一絲笑意。「妳是蘇家那邊的妹子吧？怎麼在這兒，吃喜酒了嗎？」

「正回去吃呢！」

蘇荏敷衍地回了一句，步子也加快幾分。

對於段明達，她心中感情複雜。

上輩子他對她敬重，與段家其他人完全不同，甚至在段母、段明通和曉豔刁難欺辱她的時候，他還會站出來為她說上一、兩句話。

只是他不開口則已，一旦開口，事後段母等人會連本帶利討回去，甚至給她安一個不守婦道、勾搭小叔子的罪名。

所以她對他一直敬而遠之，甚至還帶有一絲怨恨。

段明達轉身看著逃也似的瘦小身影，心裡頭總覺得有點怪怪的，卻說不出所以然來。

喜宴結束後，蘇荏藉口人不舒服，先回家了。

她一刻都不想在段家多待，一刻都不想看到那些人的嘴臉。

每一張臉都會讓她腦海中湧現無數前世慘痛的記憶畫面，讓她心如刀割，讓她胸口喘不過氣來，讓她恨前世的自己，恨他們所有人。

旺嬸家是嫁女兒，沒有段家那邊熱鬧，冷冷清清，親朋好友吃了酒席之後早早就散了。

傍晚，曉麗、阿芙和冬月與送親的隊伍一起回來，在旺嬸家嘮叨了許久，說了一堆好話。

第六章

三日回門，段明通和曉豔一起回蘇村。

蘇荏正從村口提水回家，瞧見兩人相互攙扶著，有說有笑。

曉豔的臉上洋溢幸福的味道。

兩人看上去恩愛有加、如膠似漆。

多麼熟悉的畫面！

多麼虛假！

兩個人瞧見她，主動上來打招呼。

段明通看她一個小姑娘提一桶水很吃力，主動上前要幫她。

蘇荏斷然地拒絕。「不必！」

意識到自己的態度過於強硬，有些失常，她語氣轉而溫和了一些。

「你們來走親戚，趕緊回去，旺嬸可盼著你們呢！」

說完，蘇荏自個兒吃力地提著水桶朝家門走去。

她清楚地聽到身後曉豔的低聲笑語。

「大郎，她就這古怪脾氣，你別怪她。」
旺嬸瞧見了女兒、女婿，笑聲大到蘇荏在屋裡都能聽見。
不一會兒就聞到隔壁飄來的肉香。
蘇葦嘴饞地道：「大姊，我也想吃肉了。」
正在做飯的蘇荏玩笑道：「去把雞餵了，等雞餵大了，殺雞燉肉給你吃。」
蘇葦撇撇嘴。「那些雞是用來下蛋的，娘才不讓妳殺。」
「下個月廟會，帶你去看雜耍，去不去？」
「去去去！」
蘇葦激動得拍手跳了起來。
蘇荏朝外瞥了一眼示意。
蘇葦立即興高采烈地拿著破瓦罐去拌雞食、餵雞。
正在燒火的蘇荏偷笑了一下。
做完飯，蘇荏就去喊在地裡除草的爹娘回來吃飯。
半道上，遇到正扛著鋤頭返家的蘇二叔。
蘇二叔笑著道：「荏丫頭，今天做什麼好吃的？二叔也去妳家吃。」
「菜園裡的幾樣菜，還有上次二叔給的乾菜，我和著雞蛋燒了湯，二叔直接去就成了，我去喊我爹娘。」

蘇二叔是蘇普陽的同胞弟弟，對蘇家和蘇荏是不錯的。

前世蘇家落難後，蘇荏和弟妹都是靠著二叔照顧。

只是二叔為人懦弱、怕老婆，二嬸又愛貪小便宜，見大伯家落難，要靠他們接濟，橫豎看著他們姊弟三人不順眼。

段家提親的時候，二嬸也是因為貪段家的錢，一口答應了親事。

本來二叔要將那些聘禮留給蘇荏置辦嫁妝，和給蘇葦娶媳婦用，最後都被二嬸昧下給兒子蘇蓬娶媳婦。

蘇荏起先在段家聽說弟弟、妹妹丟了，最後才知道妹妹是被二嬸偷偷賣到窯子裡，而年幼的弟弟去找二姊蘇苒，被人當街打死。

她那時候被困在段家，得知這些事情的時候，已經是好幾天之後了。

她求二叔救人，二嬸卻不給銀子，二叔只好向親鄰借錢湊足銀子，最後卻又被二嬸給偷了去。

沒銀子，窯子的老鴇不放人，所以她轉向段家的人求助。

然而，段家不僅不願出手，甚至還將她又打又罵。

她想了許多辦法，甚至要自己去替妹妹，最後都無用。

最後她被逼跟著段家離開三山鎮，離開恭縣，再未回來。
託人回來問，始終得不到回音。

午飯時候，蘇父向蘇二叔問起蘇蓬的親事。
現在新房子蓋好了，也託媒人物色了好長的時間。
蘇二叔說他看上了隔壁村一個手腳勤快的老實丫頭，但蘇二嬸卻瞧上了她娘家表哥的閨女，想親上加親。
這女孩跟蘇二嬸一樣蠻橫強勢，蘇二叔很不樂意。
但蘇二嬸就是認準了，蘇蓬也覺得遠房表妹長得好看，喜歡蘇二嬸相中的這個。
現在就等著年前過大禮，年後娶進門。
蘇荏也認識蘇二嬸表哥的閨女，前世同樣嫁給了蘇蓬，和蘇二嬸一個鼻孔出氣。
吃完飯，蘇荏在灶房刷鍋洗碗。
一旁蘇苒問：「大姊，大哥什麼時候回來，前方戰事不是幾個月前就不打了嗎？連蓬子哥都要成親了，我也想看大哥娶嫂子，然後生幾個胖姪子。」
蘇荏笑了笑，安慰她。「這可說不準，若是大哥在軍營中殺敵英勇、表現好，將軍讓他當個小官什麼的，可能還不讓回來呢！」

「那還是不要表現那麼好，我只想大哥早點回家，我都好幾年沒見大哥了。」

蘇荏笑問：「妳就不想大哥將來是威風凜凜的大將軍？就像那些說書人口中講的那樣。」

蘇苒想了一會兒，最後還是搖了搖頭。

「將軍是好，可多半都是戰死的，有幾個能活到老？我還是不想大哥當什麼將軍。」

從門外進來的蘇母也道：「二丫頭說得對，什麼將軍不將軍的，以後都不要打仗才好呢！」

蘇荏沒有和蘇母爭辯。

據她所知，接下來的十幾年，大魏外戰斷斷續續沒有終止。

傍晚的時候，蘇荏從田裡回來，在路上遇到準備回家的段明通和曉豔。

兩個人走在一起，一個高大英俊、一個嬌柔嫵媚，的確般配，也難怪路上遇見他們的人，都一個勁兒誇讚兩人是天造地設的一對。

段明通很是禮貌客氣地和眾人打招呼，也將對方誇了一句，讓對方聽得心裡舒服，直誇曉豔有福，找了這樣的好夫婿。

村口的胖三嬸快兩步追上蘇荏，笑著道：「荏丫頭，妳以後也找個這樣的，可別像我家閨女，找個悶頭悶腦的男人，嘴笨不會說話，只有一身蠻力。」

蘇荏回頭，朝已經走遠的兩個人瞥了一眼，冷笑了下。

她回頭對胖三嬸道：「他這樣的我不稀罕。」

胖三嬸笑著揶揄。「妳別吃不到葡萄說葡萄酸啊！」

另一個年輕的少婦趕上來，笑著調侃。「段大郎這樣妳都不稀罕，妳還想找天上神仙？」

「我誰也不找，在家待到老。」

胖三嬸和少婦均是取笑。「妳答應，妳爹娘也不答應。」

三個人說說笑笑地到了村口，誰也沒把她的話當真，但是蘇荏自己當真。

次月，烈日當頭，蘇荏正在洗菜準備做飯，江樹急匆匆地趕來，說兒子忽然犯病，很嚴重。

李長河急忙地提著藥箱跟著江樹出去。

蘇荏遲疑了一下，讓蘇苒和蘇葦做飯，她陪著外翁一起過去。

經過這幾個月細心調理，江未歇身體已經好了許多，走路穩當，平常的輕活全部都能做，不知怎地忽然就嘔吐不止、呼吸困難。

躺在東偏屋內的江未歇已經昏厥過去，臉頰、脖子通紅，露在衣袖外的手背、手腕也通紅一片。

李長河望聞問切了一番後，道：「是吃了不該吃的東西。」

他也沒給他們多加解釋，立即催吐、施針、餵藥搶救。

江家的人忙得一團亂，江母哭聲不斷地哀求李長河，一定要將人給救回來。

蘇荏一直在旁邊為李長河打下手，看著李長河怎麼救人。

只見床榻上的少年，似乎很難受痛苦，不時皺著眉頭，身子輕顫，嘴巴哆哆嗦嗦。

原本一張白皙清瘦的小臉，如今紅腫一片，甚至有些駭人。

折騰了半晌，李長河才收手，床上少年的情況才稍稍好了些。

李長河騰出空來，才和江父、江母細說情況。

原來是因為吃了鮮蝦。

江未歇以前也吃蝦，但並沒有什麼大礙，這次卻因為前幾天受寒沒請大夫，自己到藥鋪抓了藥，這幾天一直在吃藥。

藥和蝦相剋，這才鬧出事情來。

江母連連自責，是自己差點害死了兒子，本是好心要給兒子吃點好的補一補，卻弄巧成拙。

「李郎中，你又救我兒一命，這恩情我們老江家不知道要怎麼還！」

江父感激得熱淚盈眶。

「醫者本心，無須說這些。」李長河淡淡地道。

「那可不成，你救我兒的命，那就是救了我們老江家，大恩大德，我們一輩子都記得。」

接下來幾日，蘇荏都跟著李長河去江家。

江未歇第二天就清醒過來，隨著餘毒慢慢清除，身體也好了起來，皮膚的紅疹也都消了下去，恢復一張清秀白淨的臉蛋。

這天，給江未歇複查，確定已經完全康復。

臨走前，一直坐在桌邊未出聲的江未歇，忽然起身喚住他們。

「未歇聽聞荏妹妹有個幼弟，如今跟著李阿翁學認字是不是？」

李長河頓了下，笑道：「那孩子頑皮，就一時興起而已，可不能和你這讀書的比。」

江未歇溫和地笑道：「李阿翁平日醫病救人很忙，再教蘇家小弟也辛苦。若是李阿翁不嫌棄，就讓蘇家小弟隨我阿翁讀書識字吧！」

江父、江母一聽，立即贊成。

他們正愁沒有機會報答李郎中救子大恩，如今終於有機會，便合力勸李郎中答應。

李郎中一時也不好應下，這事情還是需要和女兒、女婿商量，只先道了謝。

蘇荏跟著李郎中走到江家門口，回頭朝站在東偏屋的少年看了一眼。

他微笑著朝她點了點頭。

蘇家雖然幾個孩子都識字，比別家的強些，但到底和讀書人不能相比。

蘇家是軍戶，但她前世在京城和地方上聽過許多將帥故事，沒有哪個將軍是大字不識的白丁。別的不說，單是軍略、兵法、史書也都是要熟讀的。

江未歇的這個提議，可能很多人覺得多此一舉，打仗都是要去拚命的。

但她覺得打仗更需要讀書。

回到家，蘇父、蘇母聽了這事情沒有太大的反應。

倒是蘇葦高興得手舞足蹈，嚷著要去。他說村裡的柱子和他同齡，認識的字比他多，還會背好些書，有時候講的東西他都聽不懂，常被柱子嘲笑。

幾個人商量，既然江家要還這個人情，那就應了吧！

上次的事情雖然最後解決了，但他們心中到底不痛快，能夠真正化干戈為玉帛也沒什麼不好。

之後，蘇葦便到鎮子上跟著江秀才讀書，一回家就高興得不得了，拉著兩個姊姊就要背書給她們聽，還故意跑到村裡頭和柱子比。

沒兩日，蘇大槐從前線打仗回來了。

滿村的人都圍了過去，老的、小的滿滿登登地坐了一屋子。一來是想看看這個離家好幾年的鄰里，二來是想聽聽前線打仗的情況。

每回村裡有人從前線回來，都會說很多故事，對於沒出過三山鎮幾次的村民來說，那都是新鮮事。

蘇父、蘇母、蘇二叔等人自然也去了。

相比前兩件事，他們更關心的是大兒子蘇蒙怎麼沒有一起回來。

蘇大槐也沒有理會蘇父、蘇母，只顧著和鄉親們吹噓打仗場面多麼慘烈，自己多麼的英勇無畏，打了多少場仗、殺了多少敵人、將軍怎麼器重他之類的。

蘇父、蘇母只要想插話問自家兒子的消息，不是被鄰里就是被蘇大槐給打斷，吵吵嚷嚷的，根本就沒有給蘇父、蘇母說話的機會。

鄉親們在蘇大槐家坐了半天，直到天黑點了燈，才一個個依依不捨地回家做飯。

有的年輕人喊著要和蘇大槐一起喝酒，孩子們更是被他的故事吸引，個個圍著他，嚷著要他繼續講故事。

直到此時，人稍微少了些，蘇父、蘇母才得以插嘴問話。

蘇大槐這才讓媳婦從裡屋拿來一個巴掌大的布袋，交到蘇父的手中。

「這是什麼？」

蘇父打開瞅了眼，上面是一個微微破損的狗牙吊墜，下面是兩錠銀子。

「這是大哥的墜子。」蘇苒指著道。

蘇母也道：「鹿鳴寺的師父說這個能避禍，所以我專門到鎮上殺狗的肉鋪討來的，還刻了蒙子的名呢！」

蘇大槐長長嘆著氣，走到蘇父、蘇母面前的板凳坐下，一副悲痛的表情道：「蒙子他……」

「我大哥升了軍職是不是？所以暫時離不開軍中。他知道你回來，特意託你帶回來給爹娘，讓他們不必擔心掛念。」蘇荏帶著幾分逼迫的氣勢，面上卻是笑容款款。「肯定還有書信的，大槐哥，你快把信拿出來給我們瞧瞧，我們可都想著大哥呢！」

蘇大槐被她說得發愣，這小丫頭竟然說得絲毫不差。

原本他想了一路的說詞，此時忽然被打亂了。

「這是……蒙子的撫慰金。」他還是堅持自己最初的打算。

「什……什麼撫慰金？我兒怎麼了？」

蘇母慌了，特別是蘇大槐一臉悲痛傷感的表情，讓她意識到不妙。

蘇大槐剛要開口，蘇荏又搶在前頭。「大槐哥，你別開這種玩笑，若真的是撫慰金怎可能只給十兩銀子？我們一家都在等我大哥消息呢！」

蘇大槐的媳婦一聽，頓時怒了，指著蘇荏就吼。「妳這話什麼意思？妳是說我家大槐貪你們銀子了？」

還留在大槐家的鄰居，均被大槐媳婦激烈的反應驚得有些懵，看大槐媳婦的眼神都變了。

蘇六婆見此，惋惜地道：「蒙子他爹娘，我知道聽到這事你們心裡難受，但是打仗刀槍無眼，這都說不準的事。蒙子他爹，你也去打過仗，應該最是清楚。」

蘇父眼睛含淚。

蘇母直接哭了起來，衝到大槐的面前抓著他，聲淚俱下。

「不可能，我家蒙子不可能出事的。大槐，你告訴嬸子，蒙子是不是過幾天就回來了，這東西他讓你提前捎回來的，你說話，告訴嬸子是不是？」

蘇大槐眉頭皺了一大把，看著自己的媳婦一眼後，咬咬牙道：「嬸子，蒙子他……他年前就沒了。」

「不可能！」蘇母厲聲喊道。

她搖著蘇大槐的胳膊，讓他說實話——蘇蒙沒有死，她兒子還活著，剛剛都是騙她的！

蘇大槐一臉為難，咬牙道：「嬸子，我說的都是真的。」

蘇母怔怔地看著蘇大槐，愣了半晌，「啊」的一聲坐在地上放聲大哭起來。

蘇父、蘇荏和蘇苒立即衝上前去扶著蘇母。

蘇父默默抹淚，蘇苒、蘇葦也跟著哭。

蘇荏看著母親的模樣，怒火湧了上來，站起身就對蘇大槐怒道：「你謊報我大哥戰死了，就是為了貪我大哥讓你帶回來的幾十兩銀子，你還有沒有良心？我大哥有沒有戰死，報到衙門是能查出來的，何況他總有回來的時候，你何必扯這種謊？你問問良心，我大哥是不是還活著？」

蘇荏指著他的胸口斥責。

「誰貪妳銀子了？」大槐媳婦蠻橫地走出來，扠著腰不依不饒。「妳哥命不硬死了。我家大槐好心幫他領了撫慰金帶回來，還被妳這樣誣衊。你們有什麼證據，說我們貪了你們銀子？你們不信就去衙門查。」

蘇六婆也指著蘇荏道：「荏丫頭，妳可不能胡亂說話。鄉里鄉親的，大槐怎麼可能做出這種事來？」

「他還就做出來了！」

蘇荏斬釘截鐵地說完，就朝裡屋鑽。

「妳幹什麼？」大槐媳婦一把將她扯回來。

「我看你們為了貪我大哥多少銀子，扯謊詛咒他、害我們！」

蘇荏用力地推開大槐媳婦朝裡屋去。

大槐媳婦又來拉扯，蘇葦立即衝上來去推她。

蘇大槐要上前去拉蘇荏，也被蘇父給拉住。

大槐的弟弟要上前幫忙，卻被蘇二叔一把給攔住。

一時間兩家人拉扯成一塊兒，亂作一團，鄉鄰此時都圍上來勸著兩邊。

有些鄰里心裡亮堂的，從大槐媳婦激動緊張的神情中看出一點貓膩，一邊拉著大槐一家，一邊勸道：「你們不做虧心事，還怕她一個丫頭片子做什麼？讓她搜，還能搜出金山銀山不成？」

蘇荏鑽了個空子就跑進裡屋，翻箱倒櫃。最後在一個箱子一摞衣服底下，翻出一大錢袋提了出來，朝堂屋眾人面前一摔。

銀錢清脆的聲響，立即止住所有人的爭吵。

眾人瞧著地上散落的錢，整的銀錠、碎的銀子，還有大小圓錢，林林總總足足有六、七十兩，此時就算再傻的人也看明白了，紛紛用異樣的眼神看著蘇大槐一家。

蘇大槐和媳婦臉色一會兒紅、一會兒白。

蘇六婆愣愣地看著滿地的錢，當即又哭又罵。「你這畜生！你怎麼幹出這種事來！」

蘇六婆轉身拿著門閂就要去打大槐，被旁邊的鄉鄰攔了下來。

「哎喲！我這沒法活了！我這老臉都被丟盡了，我死了算了！」

蘇六婆一把鼻涕一把淚，指著大槐和他媳婦罵。

蘇母立即撲上前，伸手就去捶打撕扯大槐，口中大罵。「你這喪盡天良的！你貪銀子就算了，你怎還咒我兒子死呢?!」

蘇大槐也不敢還手還嘴。

大槐媳婦卻是硬氣地道：「那銀子還有一半是我們大槐的。」說著就去地上撿。

眾人都嗤之以鼻，蘇六婆罵得更加厲害。

蘇大槐也道：「反正他也活不了，我不過就是提前給你們報個喪罷了！」

正捶打大槐的蘇母停了手。

「你這話什麼意思？我家蒙子怎麼了？」

大槐惱羞成怒。「我和他不是同一個營的，他在的那個營被調到北地打北蠻人了。聽說之前去打北蠻人的軍隊，幾萬人沒一個活下來，連將軍都被北蠻人殺了，他怎麼可能回來？」

「我大哥福大命大，有老天保佑！」蘇荏怒斥，手伸了出去要信。「我大哥讓你帶銀子回來，肯定還有書信，你快把信拿來！」

蘇大槐卻是猶猶豫豫。

蘇六婆一棍打在兒子身上，怒罵道：「快給人家拿出來。」

蘇大槐支支吾吾地道：「我扔了！」

「你個畜生！」蘇六婆又揚起棍子打。

蘇母見蘇六婆打得狠，滿腔的怒火也不好再發，只是哭著在一旁罵。

旁邊好心的鄰居，已經幫蘇普陽一家撿了一半的銀錢，遞給蘇母。

蘇荏也在一旁安慰蘇母，蘇母情緒才慢慢平復。

在鄉鄰好說歹說的勸說下，他們才離開。

原本要和蘇大槐喝酒的年輕人也都各自回家，眾人都散了。

當夜還聽見蘇六婆一直又哭又罵自己的二兒子和兒媳。

蘇家得知了蘇蒙沒死，但是被調到北境和北蠻人打仗，心吊著一夜都沒睡。

好幾天蘇母都吃不下、睡不好，家人勸了也不頂用，最後還是李長河心疼女兒，熬了安神的湯藥，才睡個安穩覺。

蘇大槐和媳婦的事情經那晚上一鬧，滿村的人都知道了。

走親串門的外村人將消息傳了出去，附近村子的人都聽聞了，蘇大槐夫妻可謂臭名遠播。

第七章

江未歇坐在院子石磨旁，幫著江母和小妹一起挑豆子，有些魂不守舍。

江母看他的樣子，從他手裡將豆子抓了過去，他才恍然回過神來，看了看旁邊自己挑的豆子，竟然把爛的豆子丟在江母和江未晚細心挑出的好豆子筐裡。

「哥，你想什麼呢？想蘇家姊姊？」江未晚笑問。

「休胡說！」江未歇重新抓了把豆子挑揀。

江未晚朝母親看了眼，偷笑了下，揶揄他。「不想蘇家姊姊？那早上葉嬸過來說蘇家姊姊的事情，你耳朵豎得跟兔子似的，唯恐聽漏了一個字。」

「這和蘇家妹子有何關係？說的也是蘇家大哥的事，蘇家對我有恩，我關心也是應當。」

「我可不信你是關心蘇家大哥。你聽到蘇家姊姊當場拆穿那貪財鄉鄰時候，眉頭都擰起來了，嘴角卻在笑，當我沒瞧見呢？」

「簡直胡言亂語！」

江母卻在旁邊感嘆。「蘇家大郎從軍都三、四年了，邊關這幾年一直在打仗，怎不焦心？能活著就好。」

江未歇沈默地看著手中的黃豆。

他早上聽葉嬸說的事情，和前世他所知道的完全不同，應該是因為今世境況都不同了，所以蘇家也有心力去判斷別人說的是真是假。

一切都朝好的方向發展，那小姑娘也越來越好，這就夠了。

蘇家因為蘇蒙的事情，氣氛沈悶。

雖然自我開解了好幾天，蘇母依舊憂心忡忡，吃睡不好、坐立不安。

這日三山鎮恰逢廟會，又難得農閒幾天，蘇荏和弟妹商量，一起拉著蘇母去燒香拜佛、逛廟會，想藉著廟會的熱鬧氣氛，讓蘇母散散心。

一家人早早吃完飯，蘇母和蘇苒在收拾東西，蘇荏先去村前的河邊將衣服清洗乾淨。

村子裡頭有人已經挎著籃子或者揹著簍子帶著一家老小出門，沿著河邊小路朝鎮子上去，趕早會。

蘇荏洗好衣服，端著木盆剛轉身朝回走，就瞧見從村子裡趕著牛車過來的蘇大槐。

他媳婦和兒子小山坐在後面的板車上，孩子正格格笑著。

蘇荏腦海中閃過前世的往事，似乎就是在這次的廟會上，蘇大槐夫婦沒看住兒子，讓人給拐走了。

夫妻兩人找遍了廟會，喊破了嗓子，也沒有找到。

隨後夫妻兩人天天吵架，大槐媳婦每日以淚洗面，才半年就得了瘋病。

蘇大槐染上賭癮，沒多久就輸光錢財，還欠了一屁股債，被人打斷腿。

蘇六婆傷心又氣恨，病倒在床……

再後來的事情，她就不知道了。

牛車慢慢駛近，孩子手中拿著一個布老虎，圓嘟嘟的小臉，笑得分外可愛。

蘇大槐因為上次的事情，心中有愧，尷尬地朝她扯出一個難看的笑，他媳婦惱她讓他們家人丟臉還失財，狠狠地白了她一眼。

孩子不懂事，拿著布老虎對她搖手，格格笑道：「姑姑瞧，這是阿婆做的，好看嗎？」

蘇荏笑著點頭。「好看！」

大槐媳婦見此，一把奪過布老虎並將孩子摟在懷裡，再次對蘇荏翻了個白眼，低聲罵了句。「凶悍的丫頭，將來肯定沒婆家要！」

蘇荏心裡有些惱，也不想與她爭口角，端著洗衣盆就朝家中走，剛走了兩步，聽到身後的大槐壓低聲音訓斥媳婦。「閉嘴，胡說什麼呢！」

大槐媳婦氣哼了聲，嘴裡嘟囔著什麼。

蘇荏此時停了腳，轉身看著已經駛出去十幾步的牛車，又看了一眼車上被大槐媳婦摟在懷裡乖巧可愛的孩子，不由得心中一軟。

「大槐哥。」蘇荏對牛車喊了句。「今日廟會上人又多又雜，小山太小了，你還是莫帶他去了。」

大槐媳婦聽到這話，朝她嚷了句。「別人家的事，妳管什麼？」

蘇大槐回身拍打了下媳婦，然後尷尬地對她道了謝，繼續駕牛車朝前走。

蘇荏準備轉身不再管，小山卻奶聲奶氣地對她道：「姑姑，街上有賣糖人，妳吃不吃？」

蘇荏看著小山，畢竟只有四、五歲，她對蘇大槐和他媳婦再氣恨，這麼小的孩子總是無辜的，最後還是忍不住心軟地對孩子道：「聽話，跟緊你爹娘，別磕著、碰著了，更別亂跑。」

大槐媳婦冷哼一聲。「假好心！誰家孩子誰不知道疼？」

她扭頭讓大槐將車趕快些。

蘇荏看著牛車走遠，心中輕嘆。自己也算是仁至義盡了，最後如何，就看天意了。

回到家門口，瞧見旺嬸打扮乾淨利索地站在門口，胳肘挎著一個竹籃子，正在整理頭髮。

「荏丫頭，妳剛剛和大槐說話呢？這樣的人，妳還關心什麼勁兒？妳好心，人家可不認為。」

蘇荏笑了笑。

「旺嬸去趕廟會？曉麗和曉慧也去嗎？」

「我帶曉麗去。」

蘇荏朝隔壁東院看了一眼，曉慧正拎著桶子朝豬圈去。

曉麗打扮花枝招展地從偏屋，笑著跑了出來，跟著旺嬸朝南山去。

蘇荏進門，蘇苒過來幫她晾衣服，朝隔壁睇了一眼低聲道：「旺嬸可真是的，哪家不是疼小的，偏她疼前面兩個，什麼都讓曉慧做，好吃、好穿的從沒想過曉慧，是不是親生的？」

蘇荏瞧著從院外餵豬回來的曉慧一眼，她和兩個姊姊長相差別大，兩個姊姊容貌標緻，偏她遺傳了爹娘的缺點，連一般都算不上。

除了長相，她哪樣都比兩個姊姊強，但旺嬸瞧不見曉慧的好，現在更因為得了大女兒嫁給段家的好，覺得小女兒就是不值錢，指望不上，所以所有心思都放在二女兒身上。

「別胡說！」蘇荏訓斥妹妹一句。「曉慧性子實誠，旺嬸總有看到她好的時候。」

蘇苒撇撇嘴。「我看難。旺嬸啥樣人，姊還不知道？」

「不許亂說話。」

蘇荏將衣服晾好，蘇葦竄到堂屋催促著蘇母快點。

姊弟三人先陪著蘇母去南山的鹿鳴寺燒香拜佛，給蘇蒙求平安。

鹿鳴寺今日進進出出的人也比平日多，香煙繚繞，到處都是梵音誦經之聲。

祈福後，他們順著南山北側的山路朝鎮子上去。

鎮上熱鬧非常，比肩接踵，各種雜耍賣藝，特別是頂碗、噴火、踩高蹺、耍大刀、皮影戲等等，都是平常難得看到一回。

零食小吃、玩具手藝、水產乾貨……更是應接不暇，吆喝聲此起彼伏。

蘇葦從上個月就開始嚷著要去廟會，今日來了，高興得像隻脫韁的野馬，一會兒看看這個、一會兒瞅瞅那個，笑都沒停過。

蘇苒也拉著蘇母一會兒指右邊給她看、一會兒讓她瞧瞧左邊。

蘇荏則是看到一些新奇的玩意兒，就拉著蘇母到攤位面前細看。

蘇母瞧著跟前的三個孩子個個笑容燦爛，自己心裡頭稍稍舒暢些，對大兒子的擔憂也少了些許。

廟會上人擠人，寸步難行，不長的一條街，竟然走了半晌。

「娘、姊，妳們瞧瞧這個，我想玩。」蘇葦拉著蘇母擠進裡三層、外三層的一個攤位裡面。

蘇荏和蘇苒也跟著擠進去，被旁邊觀看的人凶了幾句。

原來裡面是套竹圈。

地上橫豎擺了七、八排東西，有吃、有喝、有玩的，竹圈套到什麼都可以免費拿。

蘇葦嚷著想玩幾把，想要地上的一把木劍。

「木劍橫著，這怎麼套得住？」

蘇母心裡覺得這不靠譜，看著正在玩的兩個人，都套了七、八個圈出去，一個也沒有套住。

攤主立即道：「套住劍柄就成。」

蘇葦一聽，搖著蘇母的胳膊堅持要玩。

蘇母問了價錢，一文錢投一個圈，覺得貴。

蘇荏從衣襬裡面的口袋取出幾文錢給蘇葦。「姊這兒有，你玩幾把。」

蘇母立即一把按住蘇荏手裡的錢，道：「哪裡能玩這麼多把，白白糟蹋錢。」

蘇葦可憐兮兮地看著蘇母和蘇荏。

蘇荏心中疼惜，前世自己沒能照顧弟弟，小小年紀就沒了，她自覺虧欠太多，這一世她只想身邊的親人都開開心心、平平安安。

她笑著勸道：「娘，就玩幾把，小葦跟爹學了好幾年弓箭，用彈弓打鳥一打就中，手上還是有準頭的。」

蘇母猶猶豫豫地給了蘇葦三文錢，讓他只能玩三把。

蘇葦開心地從攤主那兒拿了三個竹圈，在手指上先轉了幾圈，找了找手感，然後投了出去。

第一把套空，第二把一下子套中木劍。

蘇母這會兒笑了，蘇葦更是高興地跳了起來。第三把他卻套了一盒水粉。

圍觀的人取笑他，小小年紀就套水粉，以後肯定是個登徒子。

蘇葦冷哼一聲。「這是給我娘和我姊的！」

從攤主手裡接過水粉後，他就塞到蘇母的手中。

蘇母看著手中的水粉，和仰著一張燦爛小臉的小兒子，心裡一陣溫暖。

身邊有位婦人笑著對蘇母道：「妳家兒子的手真準，讓他再投幾把，那可就賺大了。」

「說得是啊！」另一個夫人也在旁邊慫恿。「嫂子，讓妳兒子再套幾把。」

攤主聽到這話，臉拉了下來。他從早上擺攤子到這會兒，平均來說十來把才套中一個，有的還是歪打正著，但地上擺的東西有些還是很值錢，總的來說他也沒有賺多少，讓這孩子再套幾把，他就虧大了。

蘇荏瞧見攤主的臉色，看著興趣正濃的小弟，遲疑了一下對蘇葦勸道：「別處還有更好玩的，咱們去瞧別的。」

蘇葦看了一眼手中的木劍，想了想，便聽大姊的。

剛出了人群，有個婦人拉著孩子上前，請蘇葦幫忙給套個玩具。

蘇葦瞧著一個比自己還小一、兩歲的小女孩，他徵求意見地看著蘇荏。

蘇荏婉拒，那婦人不高興地拉著女兒轉身就走。

「姊，就幫忙套個竹圈，看她們很想要，為什麼不幫忙？而且我都找到手感了，肯定套一個、中一個。」

蘇荏語重心長地道：「如果你幫了這個，那其他人都找你幫忙呢？你若是每個都幫，那是害了攤主，說不定人家靠這個養家餬口呢！如果有的幫，有的不幫，你是得罪了一部分人，還不如一個都不幫。而且這東西玩幾把還可，玩多了，就跟賭錢一樣，不是好事。」

「哪有那麼嚴重，怎麼可能與賭錢一樣？」蘇葦反駁。

蘇母也跟著訓斥小兒子。

「你大姊說的是對的。」

「哪裡一樣了？」

蘇葦不開心的小聲嘟囔著，不敢頂嘴，只好乖乖地跟著蘇母朝前走。

忽地，蘇葦指著一家湯麵館叫道：「是歇哥哥！」

蘇荏順著小弟手指的方向望過去，見到一家湯麵館靠門邊的桌子，坐著一個清瘦白皙的俊雅少年，正是江未歇。

湯麵館中，站在江未歇對面的江未晚，扭頭瞧見街道上朝這邊看來的蘇家人，激動地拍著哥哥的手臂。

「是蘇家姊姊。」

江未歇抬頭，一眼瞧見門前熙攘人群中的那個小姑娘，雖然個頭不是很高，穿著也樸素，甚至髮間連一朵花都沒有插，可在擁擠的人群中就是那麼突出，好似砂礫中的金子，閃閃耀眼。

江未歇站起身，朝蘇荏和蘇母微微欠身。

蘇葦已經擠過人群，進了湯麵館，撲上去抓著江未歇激動地跳腳。

「歇哥哥，你都可以出來趕廟會了，身體一定都好了！」

蘇荏和蘇母也撥開人群走到湯麵館門前。

江未歇朝前迎了兩步。「嬸子，荏妹妹，苒妹妹。」

他身子側了側，做了個請的姿勢。

蘇母點了點頭，藉機上下打量他一眼，和幾個月前躺在床上奄奄一息的孩子是天壤之別，臉頰稍稍長了肉，整個人看起來精神氣足，也好看多了。

「江小郎，最近身體覺得如何？」蘇荏笑問。

江未歇看著面前小姑娘由衷的笑容，心中一陣喜悅，不自覺也笑了。「李阿翁醫術不凡，我如今沒什麼大礙，否則爹娘也不敢讓我今日出門。」

「那就好，不過你底子還是弱，可不能勞累、受熱、受寒，儘量早些回家歇息。」

他心中暖暖。「一定。」

幾人在門旁的桌子坐下。

蘇葦興奮道：「廟會每年有好些回，等歇哥哥身體完全好了，我帶你去看皮影戲，可好看了！」

蘇荏笑著點了下幼弟的額頭取笑。

「你看過的那些皮影戲，人家早些年書中都讀過了，還需要你帶著看？」

蘇葦揉了揉額頭，嘟著小嘴。

「故事一樣，但看書和看皮影戲能一樣嗎？」

正說話，收拾碗筷的婦人走過來，驚喜地笑道：「蘇家嫂子啊？晌午沒吃吧？我讓孩子他爹給你們下幾碗麵。」

婦人將碗筷放在一旁大木盆裡，過來熱情招呼。

婦人徐娘半老，風韻猶存，走起路來依舊如嫩柳迎風，娉婷婀娜。

蘇荏沒有見過此人，但從那一張與江母六、七分像的五官也猜得出來。

「妹子，妳這店裡客人多，妳忙妳的，我們吃過了，就路過進來坐坐。」蘇母客氣地道。

原來蘇母和婦人早就相識了，加上幾個月前王家藥鋪的事情，當時江母的妹妹柳二娘就在，如今兩人更加熟絡。

「那我給你們倒茶，今日廟會天熱人多，就在我這兒喝杯涼茶歇腳。」

柳二娘說著拍了下江末晚，讓她趕緊去端茶。

這時又有客人進出，店裡只有她和兒子在招呼，忙不過來。

蘇母要起身幫忙，柳二娘立即按住她。「你們先歇著、聊聊，我這裡忙，有些對不住，幾個孩子想吃什麼、喝什麼儘管說一聲。」

柳二娘走開，江未晚端著涼茶過來，每人倒了大半碗。

「這是二姨父自己釀製的梅子茶，祛暑解渴最好了，嬸子、荏姊姊妳們嚐嚐。」

蘇荏淺淺品了一口，酸酸甜甜又冰冰涼涼，在這大熱天，喝上幾口的確由內而外清涼舒爽。

她朝江未歇看了一眼，瞧見他也正端著碗準備喝。

蘇荏笑著勸道：「這茶寒涼，江小郎不宜過多飲用。」

江未歇茶碗停在唇邊，抬眼看著坐在正對面的蘇荏，笑了笑。

「多謝荏妹妹提醒，否則我又要貪嘴傷身了。」

見江未歇將茶碗放下，蘇荏遲疑了。

「也不是一點都不能沾，不多喝還是無礙。」

蘇葦在一旁哈哈地笑。「歇哥哥還是一點都別喝了吧，這樣身體好得快。這茶給我喝。」

他伸手將江未歇面前的茶碗端了過去。

蘇母拍打了下他的手訓斥道：「不懂事！」

江未歇忙解釋。「嬸子，沒事的，我也喝不得。」

蘇葦得意地嘿嘿笑了起來，大喝一口。

江未晚笑道：「壺裡還多著呢，包你喝個夠。」

「謝謝晚姊姊。」

蘇葦將空碗遞了過去，江未晚幫他倒滿。

蘇母瞧著幾個孩子鬧得歡騰，見另一邊柳二娘忙不過來，她起身過去幫忙，留下幾個孩子說話。

江未晚看了看身邊的哥哥，又瞧了一眼對面的蘇荏。她伸手招呼蘇苒到後院去玩，蘇葦一聽有好玩的，立即也跟了過去。

原本圍滿一張長桌的人，如今只剩下蘇荏和江未歇兩人，一時間尷尬得不知道要說什麼。

第八章

許久，江未歇見對方一直瞟著麵館內進出的客人，沒有開口的意思，他率先打破了沈默氛圍。

「令兄的事情我聽說了一些。北蠻人雖然凶悍，但是我大魏也兵強馬壯，聽聞半年前軍方失利是因為軍報出了差錯，加之後方無援。如今情況不同，不僅糧草充備，官兵英勇，西渝戰敗後，軍中士氣高漲，對付北蠻人，後方也有援軍，戰況定有好轉，令兄也定能平安歸來。」

蘇荏微微地點頭，記憶中前世大魏與北蠻人雖然打仗了三、四年，傷亡慘重，但最後成功驅逐北蠻人至兩千里外。

「多謝你開解，我信我大哥。」

江未歇見她面帶微笑、自信，並非逞強自我安慰，心裡輕鬆了些。

蘇荏側頭朝街道上看了一眼，正瞧見一個書生打扮模樣的人，轉而道：「我聽說你明年要去參加童試。」

她打量江未歇的氣色。「你身體幾次重病，元氣大傷，即便是小心靜養，明年早春也不能恢復如常人，而且二月天氣寒涼，考場內條件艱苦，四月還有府試，你怕是吃不消，還是再多等一年吧，以備萬全。」

江未歇微微詫異。

縣試、府試的時間以及考場條件，就算是一個初次參加考試的人都不見得知道，她一個家中無親朋參加童試的小姑娘，按理說不會知道這些。

可她卻說得這般自然隨意，不帶一點猶疑，好似莊稼人知道夏收麥子、秋收豆一樣平常。

江未歇頓了頓，笑著道：「試試吧，能堅持就堅持，堅持不下來，我也不勉強。」

前世一生短短十七年，一切都來不及做，這輩子，他不想再浪費一天、一個時辰，更何況是一年。

他想把兩輩子的事情在這輩子做完。

蘇荏未再接話，端起茶碗喝了一口。

兩人再次沈默，場面又冷了下來，不知接下來要說什麼，似乎彼此都能夠一句話就讓氛圍陷入尷尬。

忽然門外傳來了一聲呼喚。

蘇荏抬頭望去，來人是曉豔。

曉豔一身花色裙裳，身邊陪著的人是段明通。他手中提著一個小籃子，蓋著的藍布下鼓起來。

蘇荏眉頭微微輕皺，心中不悅，還是強裝歡喜地招手讓他們進來。

曉豔忙走到她身邊坐下，段明通客氣地朝他們打過招呼，在江未歇身邊落坐。

蘇荏給他們相互介紹。

江未歇已經倒了兩碗梅子茶，分別遞到他們面前。

曉豔盯著江未歇蒼白的臉和細弱的手腕看了看，又瞅了眼身側的蘇荏，眼珠子轉了轉，帶著些許輕笑。

「聽二弟說起江小郎好幾回。」段明通憨厚地笑道。「每次都誇讚你書讀得好，只是可惜身子弱，幸好有了李郎中，要不了多久，你就可恢復如常人。」

「段二郎過獎了，也是上天見憐，讓我幸得李郎中相救，撿回一條命。」

江未歇淺淺笑著，轉目看向面前的小姑娘。

該謝的人還有她。

若非那夜她帶病趕到江家，阻止自己父母和江村的人，李郎中根本沒有機會給他醫治，他身體錯過了最佳的治療時機，可能一切都會再次走上前世之路，他哪裡還能夠坐在這兒？

曉豔見此，帶著幾分輕視與自豪的笑。

「明年我家小叔去參加那個什麼考試，考中了就是秀才，江小郎的身子若好些，明年倒是也可參加，想必能夠高中呢，真是可惜了！」

江未歇禮貌地笑了下，目光微微瞥了曉豔。

自從聽聞段家在兩、三天的時間內，將提親的對象從蘇荏改成這位姑娘，他就很好奇其中發生什麼事。

前世，他雖於兩年後病逝，但病逝前還是聽聞段家替二郎向這位姑娘提親，後來發展如何他也不知，但這位姑娘本該是段二郎的妻子，現在卻成了段大郎之妻。

前世今生，他所知的事情似乎都發生了偏差，很多事讓他無法預料。

一旁的蘇荏深知曉豔的心性，聽出這話中的幾分幸災樂禍，心中不悅，扯著笑道：「段二郎是跟縣裡老先生讀書，常聽人誇讚才學出類拔萃，若是江小郎也去參加了明年春的縣試、府試，段二郎就多了一個對手，案首可只有一人。」

曉豔不懂考試的具體細節，但是這話也聽得明白，心裡頭窩氣，好似自己小叔子能考取案首，就是江小郎相讓一般。

段明通聞言，才認真地看向坐在對面的姑娘。以前見過幾次都沒有細瞧，今日這般細細地看，發現面前的姑娘五官並不差，未施粉描眉卻也嬌美可人，雖不及自家媳婦，也比他見過的其他姑娘好看。

特別是那一雙眼睛，好似深潭幽谷，冷清，望不見盡頭，像隨時能將人吞噬一般。

他腦海中忽然閃現出一個身影——幾個月前在南山河岸上的姑娘。

那姑娘見他呼救，毫不猶豫縱身跳入冰冷的河水中，將已經被寒水嗆得快要窒息的他拖到岸上，最後卻一句話沒說轉身離開。

他當時凍得厲害，眼神有些不好，但頭腦還算清醒。

如今仔細瞧著面前的姑娘，更像是當初救他的那位。

最初他也認為是蘇荏，正因為她身形樣貌與那個救他的姑娘相似，加之她三月初四去了南山，又落水生病。

可後來他遇到曉豔，曉豔說那日是她相救。

如今細細想來，他越發覺得這其中另有隱情。

餘光掃了眼江未歇和旁邊吃麵的食客，段明通嚥下詢問的衝動，也下了決心要找機會弄清楚此事。

蘇荏的餘光注意到對面段明通的眼神、表情，心裡泛起一陣厭惡。

無論他表現得多麼憨厚純良，在她的眼中都是面目可憎的惡魔。

前世她在他的拳腳、棍棒下艱難求生，拚著命去反抗、去保護自己的幾個孩子，可他從沒停止禽獸般的行徑，就連他自己的孩子也狠心下手。
她從不知世上會有他這種畜牲不如的人。
今世再見，她心中只有前世的仇、今生的恨，壓著她日夜不得安枕，這一切總要找個釋放的出口。
蘇荏慢慢地平復內心洶湧的恨意，調整心態，強裝笑臉對身邊的曉豔道：「昨日聽旺嬸說妳有喜了，這梅子茶寒涼不能多喝。妳以前最怕冷，過了寒食節都不敢碰冷水，現在身子更要緊，千萬要注意，不可大意。」
她轉頭扯出違心的笑。「段家大哥，你要好好照顧曉豔姊，不要讓她受委屈才是。」
段明通聞言，稍稍愣了下，立即笑嘿嘿地道：「那是一定。」
他伸手抓著曉豔放在桌子上的手，滿眼的寵愛關心。
這一幕，無論是何人見了，都會覺得他們恩愛無比，誇讚段明通是個疼媳婦的，羨慕曉豔找了個好男人。
只是在段明通愣神的一瞬，蘇荏察覺到他眼神中一閃而過的陰冷，這種眼神太過熟悉。
她笑了，這一次是發自內心。

坐了一會兒，段明通藉口曉豔有身孕不能在外久待，摟著曉豔先離開。

蘇荏起身相送。

兩個人很快湧進人群中。

段明通回頭朝她看了一眼，蘇荏依舊掛著淡淡的笑。

江未歇站在她的身邊，目光緊緊盯在她的身上。

剛剛一番話，與許曉豔沒有聽出什麼來，但是作為旁聽著，他卻明明白白。

面前的小姑娘在暗示段明通，曉豔怕冷、嬌氣，話外之音是——三月跳入冰冷河水中救他的人，不是他的妻子曉豔！

蘇荏剛剛說這些話的時候，雖然笑容溫暖可親，但眼神冰冷，甚至帶著幽深的恨意。

她恨什麼？

江未歇沈思須臾。

一瞬間前世今生的往事全都湧上心頭，他心中一片清明。

那日她為何帶病跑到江家，看李郎中給他治病？

那夜她為何忽然前來阻止一切？

段家的提親對象，又為何變成了曉豔？

蘇蒙的戰死，為何變成鄰里貪財扯謊？

她對江家人的冷淡，還有剛剛對段大郎和曉豔的恨，這一切積壓在心頭的疑惑都得到了答案。

原來不是！

是她！

他一直認為自己的重生，違逆天道輪迴，萬事萬物才會改變。

他認為兩家命運的翻轉，讓一切不再順著原本的軌跡發展，是因為他。

他再次定睛看著身側的小姑娘，她忽然變得那麼陌生，好似從未相識。

「妳……恨他們？」他問出口，又覺得此話多餘。

蘇荏一震，轉目看著他。

都說聰明的人心細如髮，看來自己的掩飾沒有騙過面前的人。

蘇荏笑了笑。

「江小郎這話真奇怪，我為什麼恨他們？」

江未歇看著她冷淡的笑容，更加確認自己的猜測，微微欠身致歉。

「是我失言了。」

蘇荏轉身走回原位。

江未歇看著纖瘦的身影，前世她溫柔得好似一潭水，無論你投來的是石頭還是刀劍，她都一一包容。

而如今的她身上好似長滿了刺，只要稍稍靠近，就會被扎出血來。

這刺不單單是扎向別人，也同樣扎向她的心。

她一定很痛，卻不得不隱忍。

不知怎地，他心中一酸，眼中竟有幾分熱意，微微模糊了視線。

江未歇忙扭頭朝人群望去，掩飾自己此刻的失態。

忽見右邊街道有些騷動，有人發了瘋一樣在街上橫衝直撞，口中哭嚎吼叫。

「小山，兒子……」

蘇荏聞聲復走到門前，一眼認出那個婦人正是大槐媳婦。

在她身後的蘇大槐，急躁地對著周圍的人描繪孩子穿戴、個頭、模樣，求問有沒有看到。

趕會的人均是搖頭。

湯麵館中吃飯的人聞聲，好奇地伸頭朝外瞧。

其中一位婦人恨鐵不成鋼地罵道：「兩個大人沒看住一個孩子，真不知幹什麼吃的。」

「今兒個這麼多人，丟了也就丟了，甭想找回來了。」

蘇母也瞧見街上的情況，憐憫地微微搖頭，轉身繼續幫柳二娘洗碗。

「可不是，真是造孽！」

蘇荏暗暗地嘆道：還是沒有逃脫失子的悲劇！

蘇大槐和媳婦在熙攘的人群中，聲嘶力竭地呼喊、抓著身邊的人求問，聲音喊啞，淚水橫流，像得了失心瘋。

周圍的人皆是唏噓。

江未歇看到身邊的小姑娘眉頭微微皺起，帶著些許無奈和遺憾。

「妳認識？」

蘇荏瞥了他一眼，苦笑。

「是我們蘇村的。」

江未歇皺皺眉，沒有多問。

廟會漸漸散了，蘇荏和蘇母等人離開湯麵館，直接回蘇村。

剛到村頭，就聽胖三嬸說蘇大槐兒子丟失的事情，背後將他們數落了一番。

回到家門口遇到旺嬸，又聽她絮叨了一回，對事情的經過也知道了大概。

蘇大槐和媳婦帶著孩子去看耍大刀，兩個大人看得起勁，竟然忘了孩子，轉眼間就沒了。

全家人都去鎮上找，現在還沒有音訊，但大家也都猜測，估計是找不回來了。

一直到天黑掌燈，一家人圍坐在院子裡說話，就聽到蘇大槐家方向傳來的哭喊、吵嚷之聲。

隔壁的旺嬸好奇地出門去看。

不多會兒，旺嬸回來了，跑到他們家這邊說：「還沒有找到，鐵定是被拐子抱走，找不回來了。」

「真是可憐，孩子沒幾歲啊！」李長河感慨，他素來心善也最喜歡孩子。

「才四歲多，大槐去從軍，孩子還不會走路，現在回來沒幾天，孩子就沒了，這還不傷心得要命？」

提到從軍，蘇家這邊都沈默沒有作聲，旺嬸也識趣地不多言，轉身回自家院子。

一連幾日，蘇大槐一家人都出去找，託人四處打聽，甚至報了官，但是毫無結果。

蘇大槐和媳婦相互埋怨，大吵大鬧。

大槐媳婦每日哭個不停，眼睛紅腫得像個血核桃，只不過幾天就消瘦了一圈，人不像人，鬼不像鬼。

這日，晚飯後，蘇荏刷鍋洗碗完，從灶房走出，便瞧見柴門外一人低頭匆匆經過。

雖天色暗，看不清臉，但身形她無比熟悉。
那人匆匆進了隔壁旺嬸家的院子。
不一會兒蘇荏洗漱後到了偏屋，就聽到隔壁傳來低低的哭聲，被刻意壓抑住。
蘇苒從床上爬起身，帶著幾分緊張地問：「大姊，是不是曉慧的哭聲？今日下午她和曉麗拌嘴，曉麗不僅打了她還向旺嬸告狀，曉慧肯定又挨旺嬸打了。」
「哪有什麼哭聲？」蘇荏敷衍道。「快睡覺吧！」
說著，吹滅油燈上床去。
周圍一下子安靜下來，隔壁嗚嗚的哭聲聽得更加真切幾分。
蘇苒坐起身，拍了拍另一頭睡著的蘇荏。
「大姊，妳仔細聽，是旺嬸家傳來的哭聲。」
蘇荏「嗯」了聲，然後打了個哈欠。
「我睏了，妳也趕緊睡吧，別人家的事，咱們也管不著。」
蘇苒又說了兩句，沒有得到大姊的回音，輕推了下也沒反應。
真的睡著了？
蘇苒覺得無趣，復躺下。
床的另一頭，蘇荏平躺著，睜著眼睛看著漆黑的房樑，靜靜聽著隔壁的聲音。

先是哭得傷心急促，隱隱約約有說話的聲音。

一會兒，哭聲輕了些，抽抽噎噎，輕輕的說話聲接連不斷，說了什麼卻聽不清楚。

一直到了深夜，隔壁的聲音才漸漸停了下來。

蘇荏慢慢翻了個身，帶著一絲安心閉上眼。

次日，早飯後沒有多久，蘇荏正在小院子裡翻曬草藥，越過低矮的土石牆，瞥見曉豔站在隔壁院子中，臉色很差，一雙眼睛紅腫老高。

「豔丫頭，妳什麼時候回來的？」

蘇荏剛想開口打招呼，從隔壁門口經過的蘇二嬸瞧見了她，大著嗓門問，人也跟著推門進去。

曉豔微微低頭道：「剛剛。」轉身朝西屋去。

蘇二嬸追兩步伸頭看了眼，然後笑著轉身，向一旁菜園子裡的旺嬸走了幾步，低聲道：「我聽說豔丫頭有喜了，這才嫁過去一個多月就有消息，肚子真爭氣！明年給段家生個大孫子，豔丫頭在段家可有福享了。」

旺嬸扯著笑，點頭附和。「是啊、是啊！」

正在餵雞的蘇苒，悄悄地湊到蘇荏的身邊耳語。「我昨夜聽得仔細，那哭聲好像是曉豔姊的，應該昨夜就回來了。」

「別多話。」

蘇荏將藥筐放在木架上，轉身去拿小鋤頭到菜園子裡除草。

蘇苒看了眼大姊，然後朝隔壁瞥了瞥，恰巧迎上蘇二嬸的目光。

蘇二嬸扯著嗓子問：「苒丫頭，妳爹可在家？」

「不在！」蘇苒冷冷回了聲，轉身去餵雞。

她對這個愛佔便宜的二嬸並不喜歡，因為自己爹娘脾氣好，她就總是來他們家借這個、借那個，說是借卻從來沒還過。

前兩日，說小兒子蘇藤生病，要吃點好的，將他們家準備拿去賣的一籃子雞蛋全都提去了。

第二日就瞧見蘇藤滿村亂跑，比猴子勁頭還足，哪裡像生病了？

照這樣下去，趕明兒再有個不舒服，還不將她家的雞抓去殺、羊牽去宰了？

不僅蘇二嬸喜歡佔便宜，幾個孩子也一樣的德性。

蘇二叔人雖好，卻什麼都聽二嬸的。

蘇二嬸見蘇苒態度冷淡，又喊了兩聲，訓斥兩句，人也急火火地趕了過來。

「妳這丫頭，二嬸和妳說話，妳怎麼不理人？」

「我不是和妳說我爹不在家嗎？」

「不在家去哪兒？地裡的草也都除了，還有啥事？」

「不知道。」蘇苒冷聲冷語地道。

「啥態度？」蘇二嬸扒拉了下蘇苒的胳膊，出言教訓。「真是沒大沒小的！」

蘇苒哼了聲，放下雞食，轉身進了屋。

蘇二嬸指責了一句，又問菜園子裡的蘇荏。

蘇荏心中不喜，卻依舊起身客氣地笑道：「爹這些天一閒下來就去妳家修葺新房了，今日估計又去妳家了吧？若是沒在，那估摸著是缺少什麼東西，去別處置備了，弄好肯定就回來了。哦，對了二嬸，堂哥的房子過幾天就蓋好了，聽說蓋好房子後就要向方家提親，是不是？」

「聽妳娘說的？」

「二嬸前幾日來借雞蛋給藤子吃的時候說的，怎麼忘了？我前兩天瞧見藤子跟村上幾個孩子下河摸魚，藤子的病好得真快！我們家的雞下的蛋，比我那外翁的藥還管用，包治百病！」

在堂屋內的蘇苒偷笑了下，然後衝蘇荏道：「大姊，以後讓外翁出診的時候帶幾個雞蛋吧！」

蘇二嬸被說得臉一下子垮了下來，氣呼呼地道：「不就是拿了幾個雞蛋，沒說不還，還拐彎抹角地來要，也虧妳說得出口。趕明兒趕集買了還你們！」

「我記下了。」蘇荏立即笑著道。

蘇二嬸氣呼呼地扭著肥胖的身子出門。

蘇荏朝隔壁旺嬸看去。

旺嬸冷臉白了她一眼，起身朝堂屋去，不一會兒挎著籃子出門，沿著村口石子路朝南山去了。

第九章

蘇荏坐在東偏屋窗前翻看醫書，將不懂的標記起來，等李長河出診回來給她講解。

隔壁院子安安靜靜，似無人在家一般，連平常最喜歡大呼小叫的曉麗也沒聲響。

一直到午後，旺嬸從南山回來，隔壁才有了動靜，接著聽到了低低的嗚咽聲。

再過一會兒，蘇荏聽到自家院中有人叫吼。

「蘇荏，妳出來！」

是曉麗的聲音。

蘇苒先從灶房走出去，疑惑地看著曉麗。「怎麼了？」

「那要問妳大姊！」曉麗怒氣沖沖地走到東偏房門口，指著蘇荏怒斥。「妳為何挑撥我大姊和姐夫？」

蘇荏一臉懵然走出房門。

「這話不能亂說，我何時挑撥了？」

「還說沒有？廟會的時候，妳說了什麼？」

蘇荏無奈苦笑。

「當時曉豔姊也在，妳問她，我可曾說過一句什麼不妥當的話？」

瞅見旺嬸也趕過來，蘇荏立即走過去，一臉擔憂疑惑。

「旺嬸，出什麼事了？怎麼曉麗說我挑撥曉豔姊他們？他們打架了？」

旺嬸上前一把拽住曉麗，牽強地笑著道：「沒有，就是兩口子拌了幾句嘴，沒什麼大事。曉豔脾氣倔，跑回來嘮叨幾句，只是一場誤會。」

「沒事就好，哪家兩口子有不拌嘴的。」

「我看就是妳……」

曉麗還想要再指責，旺嬸立即呵斥曉麗，硬拉著她回去。

曉麗只能一臉氣憤。

蘇荏了解旺嬸愛面子，之前到處說女婿好、女兒有福，被全村人羨慕誇讚，這樣完美的一段姻緣怎麼能夠有瑕疵？所以旺嬸必須盡力粉飾太平。

何況從始至終她沒有說過曉豔一句不好，旺嬸想指責她，也沒有拿得出的證據。

曉豔心裡頭更加清楚，三月初四她根本沒有救段大郎，這門親事是她自己騙了段家，自己往裡跳的，有苦她只能自己吞。

蘇苒立即走到大姊跟前，看著隔壁埋怨道：「他們吵架關大姊妳什麼事，真是無理取鬧！我看，是曉豔姊在娘家嬌養慣了，到了婆家沒人慣著才惹出事來，竟賴到大姊妳頭上。」
蘇荏拍了拍小妹的手安慰道：「沒什麼大事，早上旺嬸應該去了段家，段大郎那樣的人，肯定過兩天就來將人接回去了。」
如她所料，第三天早飯沒多久，段大郎就親自過來接人，認錯道歉。
旺嬸瞧著他憨厚老實，認錯誠懇，也勸著曉豔跟段大郎回去。
畢竟女兒出嫁了，娘家不是家。
晌午，曉豔就跟著段大郎回去了。
兩人經過蘇荏家門口，段大郎朝裡看了一眼。
蘇荏正端著草藥的筐子轉身朝屋裡去，只留下一個與春日南山河邊相似的背影。
離開蘇村，段大郎仍忍不住回頭朝蘇荏家的方向看了一眼。
沒幾天便是秋收忙季，家家戶戶又是田地、家中兩頭忙。
晌午，太陽熾熱，蘇荏帶著蘇苒、蘇葦在家門口夯實的場地上翻曬豆稈。
打豆子的流程和夏收打麥子一樣，等曬乾之後，再趕牛拉著石碾壓，黃豆粒從殼內迸裂出來，秸稈是秸稈，豆子是豆子。然後用叉子挑起豆秸稈抖幾下，將它們歸攏成秸稈垛，作為柴火或者冬天餵牛羊的飼料。

豆子曬一曬，找個起風的天揚一場，把摻和在豆裡碎的莖稈、豆殼等揚掉，隨後再曬幾日太陽，豆子就可以裝倉，將來急用錢就能直接拉去賣或換東西。

蘇荏家每季的作物種類不多，秋收主要也就是黃豆、高粱。

高粱的稈是好東西，挑好的，能紮些笤帚、刷子，也有用它搭棚子、蓋圈舍。

秋收後，便是犁田、壩地、種麥子。經過秋冬霜雪，等著來年夏收。

秋收秋種結束後，已經到了九月，天氣冷了起來，最是容易得病。

江村有人來請李長河出診，蘇荏跟著外翁一起過去。

剛走到村頭，便瞧見打南山方向走來一人。

雖然遠遠地看不清臉，但從身形和走路的姿勢，蘇荏判斷出是曉豔。

自從上回被段明通接回去，便一直是秋收農忙，曉豔沒回娘家。

但是蘇荏明顯感覺旺嬸和曉麗對她的態度變得冷淡不喜，曉慧倒是一如既往。

如今又是一人回了娘家，恐怕這段時間，她在段家過得也沒有那麼如意。

蘇荏跟著李長河朝西邊江村去。

江村的一位老人家受了風寒，一直頭痛、咳嗽、發燒，屬於常見的病症，對於李長河來說不算什麼，很快就診治結束。

出了那家門，李長河想到江未歇，自上次複診到現在也有一、兩個月了。

這個孩子對他來說，是一個不同尋常的病人，如今來了江村，就打算順便去看看。

畢竟已經深秋，天氣逐漸寒涼，那孩子的身子最禁不起寒冷。

江秀才在鎮子上教書，江父、江母去隔壁的鎮上賣豆腐，家中只有江未歇兄妹兩人。

江未晚坐在堂屋門前的太陽下，膝蓋上放著一個笸子，認真地縫製衣服。東偏房中則傳來江未歇的讀書聲，聲音虛弱，沒讀幾句就咳嗽兩聲。

「小郎又病了？」李長河進門問。

江未晚抬頭瞧見來人，立即放下手上的針線和腿上的笸子，起身迎上來。

「李阿翁怎麼來了？」江未晚興奮地衝東偏房喊了句。「哥，李阿翁來了！」

她一邊迎著李長河和蘇荏朝堂屋去，一邊道：「前兩日下雨，天氣忽然轉冷，哥就咳嗽了起來。」

江未歇放下書卷，從東偏房出來，一張臉蛋雖然較上次廟會豐潤了些，卻也更加蒼白。

他一時激動，又快走了幾步，氣喘不勻，連連咳嗽幾聲。

「你咳得厲害，我給你瞧瞧吧！」

三人坐下，江未晚立即去倒了幾杯茶水來。

蘇荏看著江未歇，從上次廟會後兩人未再相見，但他那句話卻一直縈繞在她心頭。這個世上除了她自己，只有他知道她恨段明通、恨曉豔，她隱藏了這麼久的秘密，似乎一下子被人窺探了……

所幸他不會知道她重生的這個秘密。

江未歇的目光轉了過來。

蘇荏心虛不安地躲開，端起桌上的茶碗抿了幾口掩飾，卻依舊感覺對方的目光緊緊落在自己臉上。

江未歇自廟會想通一切，這段時間總是不由自主想到她，想到前世她在段家受的虐待，與他不無關係，心中總有幾分愧疚。

知道她與他一樣重生，前世他命殞十七歲冬，那時她還不及十七，他不知道往後她經歷了什麼，但也不難猜測，必定是暗無天日。

他心疼她因為仇恨變得滿身芒刺、變得心冷、變得堅強，可他於此卻無能為力。

一種負罪感慢慢襲上心頭……

須臾李長河問及他這段時間的情況，江未歇才收回注意力和思緒答話。

「只是天涼吹了風，多注意保暖，不沾冷的東西，不吃寒涼之物，過些天便好了。」

李長河慢慢地收起脈枕。

江未歇欠身道謝，目光不自覺瞥向一旁熟練收拾藥箱的蘇荏。

「聽聞小郎明年春要參加縣試。」李長河喝了口茶，語重心長地勸道：「你身子弱，怕是吃不消，若是再折騰出病來，又要將養一年半載，反而讓身體底子更差。你還年少，也不急於這一年、兩年，身體能恢復如常人，再去也不遲。」

江未歇思忖了須臾，認真地問：「真的不行嗎？」

李長河鄭重點了點頭。

「若是我必去，李阿翁可有什麼方法，能夠盡快調理好我的身體？」

李長河看著面前少年堅定的眼神——此事他是鐵了心！

他不知道少年到底急什麼，才十幾歲的年紀，以他的聰明才學，養好身體，童試三場絕對能輕而易舉通過。

李長河感慨了一聲，道：「我醫術有限，於此無能為力，若是小郎執意，還是到縣城或者州府找有名的大夫醫治。」

江未歇有些灰心地垂首，他清楚家中的條件，請李阿翁醫治、開方抓藥已經是極限了，去縣城和州府請名醫根本不可能，不能再因為自己連累阿翁和父母。

沈默了片刻，江未歇點了一下頭。

「多謝李阿翁。」

蘇荏看著他沮喪失落的神情，也惋惜。若非是從小病弱，他應該早幾年就參加童試，興許如今已和其阿翁一般是秀才之身了。

可命運就是如此弄人。

稍晚兩人從江家離開，江未歇和江未晚送到院門前。

看著那個纖弱的背影，江未歇眉間的愁緒又多了幾分。

從江村回到家，聽到屋內傳來哭聲，蘇荏立即朝東偏房望去，瞧見曉慧滿臉淚水地坐在蘇苒對面，蘇苒正拿著一塊帕子給她擦淚。

「這是怎麼了？」李長河關心地問。

蘇荏眼尖，看到曉慧的臉頰有些許紅腫，知道又是挨了打。以前她每次挨旺嬸打，沒處去都是跑來他們家與她或蘇苒哭訴。

「外翁，你休息吧，我去看看。」

蘇荏走進屋內才瞧清楚，曉慧的左右兩頰鮮紅的五個手指印，腫脹老高，眼睛都哭得跟兔子似的，看著就讓人心疼。

「又因為什麼？」蘇荏一邊詢問，一邊去旁邊的櫃子裡拿跌打損傷的膏藥過來。

蘇苒憤憤不平地道：「根本就不怪曉慧，是旺嬸她們不講理！」原來自從廟會的事情後，段明通已經知道曉豔不是救她的姑娘，當初是故意騙他、勾引他，他覺得自己受騙受辱，因為此事經常和曉豔爭吵、動手。

段家的人也都瞧不起她，認為她就是狐媚子。

昨日，因為曉豔和村上的一名男人多聊了幾句，段母就說她不守婦道又去勾引別的男人，段大郎聽了此事後，將曉豔打了一頓，幸而當時段二郎及時攔住，否則曉豔肚子裡的孩子都沒了。

段大郎被曉豔反抗時胡亂抓起的剪刀刺傷了手臂。段母疼兒子，原本當夜就要將人趕回娘家，是段二郎求情，才留了下來。

天明，曉豔跑回娘家訴委屈，曉慧就多嘴了一句，讓曉豔以後多在家中養胎，別往男人多的地方湊。

本是好心的一句話，卻被曉豔無理取鬧，指責成是罵她勾引男人、罵她活該被打。最後曉豔便是一哭、二鬧、三上吊，曉麗也在一旁添油加醋地指責她，旺嬸被氣得暈頭直接打了曉慧。

蘇荏聽完這些，心中冷笑，無論對曉豔還是段家，這只是一個開始。

給曉慧臉上搽好膏藥，曉慧也慢慢地止住哭泣。

「這事的確不怪妳，待會兒我去和旺嬸說。」

「別！」曉慧立即拉著她的手臂，帶著幾分哀求地道。「我娘和大姊、二姊都在氣妳呢！」

蘇荏苦笑了下。「她們氣我什麼？」

曉慧低頭支吾了半晌，才低聲喃喃道：「我大姊夫說當初救他的人是妳，我娘和大姊怪妳騙了她們。」

「不是我！」蘇荏冷冷地道，人也跟著出了門。

蘇荏剛走出房門，隔壁旺嬸就站在院子裡，扯著嗓子對她家這邊怒喊。

「曉慧，妳個死丫頭，給老娘滾回來做飯！」

東偏屋內的曉慧，剛止住的哭聲又因委屈落淚。

蘇荏回頭瞥了一眼準備走出房門的曉慧，示意蘇苒攔著，自己則走到院子裡，對著隔壁旺嬸言語溫和地道：「曉慧傷得重，現在手還在抖，哪裡能做飯？就算做出來也肯定不合口味。旺嬸燒菜手藝好，以前曉豔姊就最喜歡吃妳燒的飯菜，如今曉豔姊難得回一趟娘家，旺嬸權當是疼惜曉豔姊了。」

旺嬸滿眼怒氣地瞪著她，心裡頭埋怨蘇荏害自家大女兒遭這等罪。

可這件事情，旺嬸也只能啞巴吃黃連。

曉豔此時也怒氣沖沖地跑到院子裡來怒視她，正準備要開口指責。

蘇荏又繼續笑著說：「都說嫁出去的女兒是潑出去的水，以後是別人家的人，疼了也是白疼，可畢竟曉豔姊如今還懷著孩子呢！旺嬸不能光顧著疼曉麗，連給曉豔姊做頓好吃的都不樂意了。」

曉豔一聽這話，頓時臉色就變了。

這次她受了這麼大的委屈回來，自家娘親卻不像上次那樣去找段家理論，只是口頭安慰勸說，甚至勸她以後在婆家忍著點，不是什麼大事就別總是回娘家，讓婆家的人說道。

自己的娘是什麼性子，她很清楚。現在她被婆家指責不守婦道，那是給自己娘丟臉，讓她被阿婆和幾個嬸子嘲笑。

被蘇荏一說，曉豔朝這上面一想，更認為自己的娘說不定就是這樣想，不指望她了，怎麼可能還疼她如未嫁之時？說不定根本不在乎她的死活。

曉豔瞪了旺嬸一眼，紅著眼眶扭頭跑進屋裡。

旺嬸被氣得指著蘇荏半晌，才怒罵道：「妳這丫頭，挑撥曉豔和段大郎，如今還挑撥我們母女幾個，我竟然是沒瞧出來，人不大，心眼這麼壞！」

蘇荏立即解釋。「旺嬸，我是心疼曉慧，也好心勸妳疼惜曉豔姊，怎麼就成了挑撥？還有曉豔姊和段大郎的事，我怎麼挑撥了？妳不能空口誣陷指責我。」
瞧見左右鄰居聽到這邊吵鬧湊過來觀看，蘇荏委屈地抬手，嗚嗚哭了起來。
李長河也從屋裡出來，看著外孫女哭得傷心，對旺嬸理論。「荏丫頭也是妳看著長大的，她什麼性子妳還不知道？怎麼可能做出妳說的事！她就是一片好心。」
「就是、就是！」西邊鄰居紀婆走進院子哄蘇荏，然後對旺嬸道：「豔子她娘，妳這麼大的人了還跟一個孩子爭吵，說話也沒個輕重。荏丫頭性子好，村上誰不知道？剛剛妳們的話我可聽得清楚，就是勸妳們好的，哪裡就挑撥了？」
說完，紀婆朝門外看熱鬧的幾個婦人和孩子問：「你們說是不是？」
幾個婦人本也是對旺嬸偏心兩個大女兒、對曉慧常常打罵看不慣，尤其自從曉豔嫁到段家後，旺嬸覺得攀了高枝，尾巴翹上天，盡在她們面前顯擺，說生不出兒子也一樣享女兒的福。
現在看著旺嬸家裡不順，她們心裡順暢，便假意勸旺嬸、幫蘇荏說話，讓旺嬸別多心瞎猜。
旺嬸見無人相幫，滿肚子的怒氣只能壓著發不出來。
這時曉慧被蘇苒給拉了出來，紀婆一眼瞧見曉慧紅腫的雙頰，心疼地「哎喲喲」叫著走過去。

「怎麼給打成這樣了?!這下手也太狠了，哪能這麼打？」

蘇苒在一旁氣憤地道：「這還是我大姊給搽了藥呢！剛剛可腫得讓人看不下去。」

鄰居的婦人們瞧見了也都心驚，露出幾分心疼。

這麼大的女孩，打哪兒也不能打臉啊！

「旺嬸，妳瞧瞧，若是臉打傷了，可怎麼好。」紀婆指責道。

紀婆年歲大，她家的叔公蘇紀又是里長，所以她說話在村上還有些威信。

旺嬸也不再多說什麼，氣憤地轉身進屋。

李長河勸著蘇荏幾句，蘇荏擦乾了淚。

紀婆將曉慧拉去她家，今個兒在她家吃飯。

不一會蘇父、蘇母也回來了。

晌午，一家人圍著桌子吃飯的時候，蘇父問及三月份她落水的事情。

「段大郎到底是不是妳救的？」蘇父嚴肅地問。

鄰里間，誰家孩子什麼品性，大家都心知肚明，蘇父教孩子多是見義勇為。

自段家提親的事情開始，他和蘇母都懷疑是自家女兒跳河救人。只是因為知道段母為人潑辣、女兒還小，他們都不同意這門親事，所以就睜隻眼、閉隻眼。

現在事情鬧到這個地步，鄰里不和睦，他也想要個準確的答案。

蘇荏抬頭看了眼蘇父，忙垂下目光。

蘇父從軍過，還當過伍長，因為腿殘沒再入伍，但教兒女多嚴厲。

蘇荏心裡有些畏懼蘇父，頓了頓低聲回道：「不是！」

「在外翁還有爹娘面前不得說謊。」蘇父聲音又冷峻幾分。

蘇荏嚥了嚥喉嚨。

她不想欺瞞長輩，但是更不想他們為她擔心。

前世她太早失去他們，這輩子，她只想他們少些煩惱、平平順順。

對段家和曉豔的仇恨是她自己的事情，她自己背負。

蘇荏看著蘇父、蘇母和李長河，堅定地道：「我是失足落水，沒有救段大郎！」

沈默了一瞬，蘇父道：「若不是妳，那就好！」

第十章

曉慧一直在紀婆家待到傍晚才回家，還是捱了旺嬸的一頓斥罵。

曉豔在娘家待了六、七天，段家也沒人來，倒是段家的鄰居——蘇大槐姊姊來了旺嬸家，關上門說了什麼誰都不知道。

第二天，曉豔就被旺嬸送回段家。

回來後，旺嬸面如死灰，見到正在村口提水的蘇荏，白了一眼、冷哼一聲就沒再搭理。

山前村和蘇村不遠，總有幾戶人家相互通婚或有親戚，如今農閒走動得多，沒幾日消息就在婦人們之間傳開，閒來坐在一起便悄悄說起此事。

有的人說是曉豔不守婦道，惹段家的人嫌棄，但此事不光彩，加上曉豔懷了身孕，所以忍下了，保不齊孩子生下來就將人打發了。

有的人說當初救段大郎的另有他人，曉豔是頂替騙婚，段大郎想娶的還是那個救命恩人。

也有人說，段母為人刁鑽蠻橫，挑撥自己的兒子和兒媳。

說法不同，但沒一個人說段明通的不是。

蘇荏聽到這些，心中不暢快。

這樣禽獸不如的人，她定要撕開他的偽裝！

這日，蘇荏跟著外翁到鎮上出診，回來的時候路過段家的木匠鋪。

恰巧段明通在鋪子裡幫忙，瞧見了蘇荏，立即出門和她打招呼。

蘇荏心裡牴觸卻仍笑臉相對，然後藉口有事，準備跟著李長河離開。

沒想到，段明通卻當街攔住去路。

「這要做什麼？」蘇荏露出怒意。

「蘇家妹子，我有件事想問妳。」段明通支吾地說，顯得窘迫，一副忠厚老實的模樣。

他又朝一旁無人的小巷子口看了一眼，請求地問：「我們可以到那邊說嗎？」

蘇荏更加反感。「我還有要事，有話在這兒直說。」

「這……」

段明通猶豫了片刻沒有開口。

蘇荏沒耐心，假笑了一下。

「沒什麼事，我走了。」然後她挽著李長河的胳膊離開。

段明通再次追上前幾步攔住去路。「我、我有事。」

蘇荏再次停住腳步，昂首盯著他。

一張看了令人厭倦的醜陋嘴臉，讓她拳頭不由得緊了緊。

段明通卻再次支吾不出聲。

李長河也猜到段明通想問的大概是關於三月之事，笑著道：「大郎，我最近也聽人私下說你三月落水被救的事情，你大概想問的是此事，你可能誤會了，救你的人真不是荏兒。」

李長河看了看身邊的外孫女，笑著解釋。「三月的天河水冰冷，別說救人了，她自己落水都快爬不出來了。」

段明通看了一眼面前的小姑娘，身子纖弱，看上去弱不禁風，還真的不像是能夠救他的人。可他尋找這麼久，將所有細節一一對比，救他的人最有可能是蘇荏。

蘇荏見他疑惑發愣，便拉著李長河離開。

恰時蘇二嬸拎著一個麻布袋子從一旁鋪子裡走出來，看了看後面的段明通，又瞧著蘇荏，嘻笑著湊上來。

「荏丫頭，妳和段家大郎很熟？說什麼呢？聽說前些天曉豔娘和妳吵架了。因為什麼？」

蘇荏看著她伸著脖子不懷好意的詭笑，知道她心裡打的鬼主意。

「二嬸，堂兄過兩日就要去方家提親，妳不忙？如果不忙的話，街尾的布店還沒打烊，妳去扯塊布，將上回借我們家套被子的那塊還了唄！」

蘇二嬸笑容僵住，餘光朝街尾瞥了眼，直起脖子冷哼。

「說得好像不還你們似的，等忙過這陣子再還給你們。」

說完，蘇二嬸拎著麻布袋麻溜地離開了。

李長河一邊走，一邊看著身邊的外孫女。

家裡人或許沒太在意，但是這半年她一直跟在他身邊學醫，他最清楚這個外孫女的脾氣變了許多。

以前遇到什麼不順、不滿的事情，她和她娘一樣軟性子，都想著息事寧人，自從春天江家的事情後，她再遇到這種人是不再忍讓，而是直接懟回去，看來那件事情對她影響不小。

回到家，蘇母正提著一個籃子準備出門，說是給蘇蓬提親的時候用。

蘇荏看了看籃子，裡面放一些針線物件。她擔心母親去了，蘇二嬸又求母親幫別的忙，母親耳根軟容易被二嬸忽悠，所以她接過籃子自己送去。

另一廂的蘇二嬸也剛回到家，正和胖三嬸坐在門前說話。

瞧見蘇荏走過來，胖三嬸起身，一把將她拉到一旁，問她在街上和段大郎說了什麼。

畢竟最初段家是準備向她提親，這也是村裡人都知道的事。

蘇荏知道是蘇二嬸多嘴亂說，胖三嬸是有名的快嘴，什麼事情傳到她耳朵裡，不出一日滿村的人都能知道，再經添油加醋一說，不知道會被傳出什麼話來。

蘇荏氣恨地瞪了蘇二嬸一眼，蘇二嬸卻很得意。

蘇荏遲疑了下，湊到胖三嬸的耳邊道：「我聽說曉豔前些天回來是被段大郎打了，肚子裡的孩子差點都沒了，妳說這多嚇人，真是沒瞧出來他是這種人。我今日街上遇到，哪裡敢和他說話，跟著我外翁趕忙躲開了。以後遇到，妳可躲著點！」

「不會吧？」胖三嬸一臉驚詫地看她。「我見過他兩回，挺老實本分的啊！」

「老話說，咬人的狗不叫，個個看得都溫順不是？」

胖三嬸眨了眨眼，想想的確是這麼個道理。

蘇荏將籃子遞給蘇二嬸便回去了。

果然第二天，她就注意到胖三嬸和隔壁紀婆聊天的時候，悄悄說了這事。

沒幾天，這話竟然傳回到她的耳朵裡，還說得煞有其事，連輔佐的例證都有兩、三個。

蘇荏有些滿意，卻也有幾分感傷。

「人言可畏」，前世的多少不幸，都是因為這四個字。

後來，蘇荏隨著蘇母到鎮子上買東西，再次遇到段明通，他依舊想與她說話，蘇荏都是沒有猶豫直接拒絕離開。

隨後蘇荏無論是去鎮子上，還是跟著外翁去出診，都能夠遇到段明通。

他不再主動上前和她搭話，只是遠遠地看著她、一副欲言又止的模樣，好似癡心的少年郎。

蘇荏每次見到，心中都泛起強烈的噁心。

再後來她就待在家中看醫書，將以前採的草藥切斷、搗碎、磨粉，不再出門。

段明通也不再出現。

又過了幾天，蘇荏正在院中曬太陽、看藥書，見到蘇大槐的姊姊急匆匆地跑到隔壁去。

緊接著就見旺嬸帶著曉麗火急火燎地出門，村頭拐彎就朝南山的方向去。

當夜人也沒回來。

第二天晌午，旺嬸家的人才回來，此外，還有躺在板車上被送回來的曉豔，用棉被蒙頭蓋著。

隨後旺嬸的兩個妯娌和附近的鄰里，打著看望的藉口過來探聽，很快事情就私下傳開了。

曉豔被段大郎打到小產，現在就剩半條命。

傍晚，李長河出診回來，曉慧過來求他去給她大姊醫治，蘇荏也跟了過去。

旺嬸看到蘇荏的時候滿臉怒氣，但是現在女兒要靠李長河救命，只能忍下。

曉豔躺在床榻上，面色慘白如霜，雙唇毫無血色，雙眼睛空洞無神，好似被吸走靈魂的軀殼，無半點生機可言。

李長河診治許久，又是施針、又是推按、又是灌藥，一直到天黑，曉豔才稍有起色，慢慢地睡了過去。

旺嬸哭到眼淚都乾了，兩個妯娌則說著不痛不癢的話假意關心，也只有曉麗和曉慧在旁邊一個勁兒勸旺嬸，罵段大郎不是人。

這件事情第二天就傳得滿村人都知道了。

有的人心疼曉豔的遭遇，痛罵段大郎果真背地裡是個畜牲不如的東西；也有人覺得是曉豔自己不檢點，否則段家不可能下這麼狠的手，連自己的孫子都不要。

後來也有人說，旺嬸去接曉豔的時候，和段家的人大鬧一場，又是撒潑又是打滾，段大郎一直認錯賠禮，看著不像能夠幹出這種事的人。

眾說紛紜，茶餘飯後，村民們聚在一起說得熱火朝天。

這動靜鬧得大，消息很快傳到江村人的耳中。

江未歇坐在東偏屋的窗前，曬著午後的太陽，凝神發呆，手中的書卷停在一頁上半晌沒翻，直到江母端著暖湯進來，才收回神思。

「想明年春考試的事？」

江未歇支吾的「嗯」了一聲，端起湯碗掩蓋自己心虛的神情。

江母嘆了一聲坐在桌前，一邊整理書桌，一邊苦口婆心地勸道：「李郎中都說了你身子不能去考試，你就聽李郎中的。當年你外翁二十多歲才得了秀才的身分，你才多大，急什麼！」

「我怕……」

江未歇抬頭看到江母緊盯的目光，話語戛然而止，再次垂頭喝湯。

「怕什麼？」

江母知道兒子從小就心事重，什麼都藏在心裡。

「沒什麼！」他一口將剩下的湯喝完，空碗遞給江母，笑著道：「娘，我還要看一會兒書，妳先出去吧！」

江母猶豫了下，嘆了聲，端碗出去。

江未歇又情不自禁地發愣起來。

晌午他聽母親說了曉豔的事情，這樣的結局不正是蘇荏前世的結局嗎？

不同的是前世段大郎的惡行被掩蓋，今世被揭露。

這一切都是那個小姑娘所為，她在報復段家、報復曉豔。

前世她後來又經歷了什麼，讓原本那麼溫柔心軟的姑娘，變得如此冷酷無情？

他不知為何對這樣的蘇荏厭惡不起來，反而更多的是心疼，有種想要這輩子好好護著她的衝動。

他覺得自己肯定是瘋了，蘇荏對江家的人雖不恨卻也不喜，怎麼可能接受他的好心？

低頭看到面前的書卷，上面的內容他幾乎都能背下來，可他還是堅持再多看兩遍，只求明年春的兩次考試萬無一失。

他真的怕，怕浪費一年的時間，怕會有什麼不可預料的意外發生，怕趕不上、來不及……

可為什麼怕，要趕上什麼？

他自己也說不清楚，總覺得自己遲了，可能會失去一生最重要的某樣東西。

曉豔回娘家沒幾日，段明通便過來了，說要接曉豔回去。

旺嬸不同意，將段明通痛罵一頓，拿著棍棒趕了回去。

此後段明通每天都過來，每次過來都買一些補品，道歉認錯、懺悔痛哭、態度赤誠，就差沒有跪下來磕頭認罪，又說一大堆好話，發誓以後絕不會這麼衝動了。

不僅是旁觀的鄰居和旺嬸的兩個妯娌，就連旺嬸和曉豔她們自己也被打動了，認為上次只是誤會，段明通這次是真的認知到錯誤，他這樣憨厚老實的人，將來肯定不會再犯，甚至還憐憫他失去第一個孩子，他肯定也是痛心的。

曉豔的身體還沒有完全恢復，就在段明通千哄萬勸下，攙扶上段家來接她的牛車。

曉豔圍著被子坐在板車上，段明通小心翼翼呵護著，疼得似心肝，村上瞧見的人都感嘆，這樣的好男人可真難找了。

曉豔臉上也是說不出的幸福和滿足，似乎一頓痛打和失去孩子都不那麼重要了。

在院中曬被子的蘇荏聽到外面的一切，心裡恨意翻湧。

他那樣禽獸不如的人，就這麼被原諒了？

周圍的人就這麼輕易地被他的虛偽給蒙蔽？

蘇荏朝外面看了一眼，正對上段明通看過來的目光，一瞬間她抓著被子的手一緊，心裡生出了一絲恐懼，甚至全身都在隱隱作痛。

她閉上眼，雙手因為用力過甚而發顫。
前世的痛和恨一瞬間襲來，鋪天蓋地將她淹沒了，身子也顫得更加厲害。
「荏兒，怎麼了？」
蘇母抱著另一床被子走過來。
「沒……沒什麼。我打了個冷顫。」
「現在冬月了，多添件衣服，再冷就將前些天給妳做的新襖子拿出來穿。」
「嗯！」
蘇荏轉身進了屋內，聽著外面牛車駛離的聲音。
接下來她專心跟著外翁學醫。
她清楚段明通的性子，如今鬧了這麼一齣、演了一回好丈夫，短時間他會收起禽獸的本性，做個體貼溫柔的好夫婿，甚至在段母刁難曉豔的時候，還會幫著曉豔。

第十一章

臘月，天冷得厲害，臘八這天飄起雪，下了整整一夜。

天明時天地覆白，銀裝素裹，整個三山鎮靜悄悄，路上行人罕見。

各家都圍在暖爐旁邊喝茶閒話，只有頑皮的孩子和兄弟姊妹會跑到院中或家門口堆雪人、打雪仗。

蘇父每年冬日天寒，腿疾稍不注意就會復發，昨天因為受了寒，今日痠疼難受，在火爐邊烤著。

李長河配了藥後，蘇荏在爐火上煎藥。

蘇苒在旁邊幫著蘇母算著今年收支，和家人談論明年的打算。

忽地聽到院中響起一聲急促叫喚。

胖三嬸扭著肥胖的身體急急走來，帶著一身寒氣進門，急火火地道：「李郎中你在家就好，正找你救命呢！」

「青石那孩子的咳嗽又重了？」李長河關心地問，也被胖三嬸帶得緊張幾分。

「不是，我家那小子吃了你給的藥，現在快好了。是我家大富剛剛在路邊的陰溝裡揹了一個人回來，凍得身子都僵了，也不知道什麼人，想讓李郎中過去給瞧瞧，看看還有沒有救。」

李長河一聽性命攸關，立即讓蘇荏去拿醫箱。

蘇荏將藥罐交給蘇苒，提著醫箱跟著李長河隨胖三嬸朝村頭去。

外面天氣陰冷，胖三嬸家堂屋內火盆裡的木頭燒得旺，剛進門就覺得一股暖氣蒸人。

火盆旁的木板床上躺著一個男人，看上去約莫雙十年紀，頭髮散亂、臉色鐵青、雙唇發紫，身上蓋著厚厚的被子。

李長河見此，立即讓旺嬸去燒暖身的薑茶，讓蘇荏去院子裡掃一盆雪來。然後支開她，叫大富幫忙將年輕人的衣褲解開，用雪快速揉搓年輕人的身子。

好一會兒，此人的身體不再僵硬，慢慢恢復過來，面上也略顯血色。接著立即幫此人擦乾身子，抹上李長河自己配製的藥，輕輕地拍打全身，裹上厚厚的棉被烤著火盆。

旺嬸的薑茶也已經煮好，蘇荏端進來後，給此人灌下一大碗。

看到此人有了些許活氣，眾人都鬆了口氣。

「讓他先睡著，估計過了晌午，人就能醒了，到時候給他點熱騰騰的麵疙瘩吃，應該就沒什麼大礙了。」

李長河年紀大了，剛剛的一番折騰讓他有些累得吃不消，說話都氣喘吁吁。

蘇荏上前扶李長河起身，無意間瞥到床頭、地上一堆髒亂潮濕的衣服上，有塊掌心大小的青色玉珮，上面雕刻的是麒麟神獸，繫著編織精巧的青色穗子。

這種玉珮雖然不是稀世珍寶，卻也非一般小富小貴人家的子弟能夠佩帶得起。單這一塊就足夠莊稼人一家子吃一輩子。

她細看那人褪下的衣服，卻都是粗布麻衣、單薄發舊，和玉珮並不相配。她好奇地再次打量那位年輕人。

如今他恢復了些許氣色，亂髮也被簡單梳理過，露出俊朗的五官，即便是在大病之中依舊難掩貴氣。

這種人並非普通百姓，往小了說是州府內的世家子弟，往大了說是王公貴族也不無可能。

這樣的公子哥兒平日進出都是前簇後擁、坐轎騎馬，怎麼會一個人昏倒在他們這村頭的陰溝裡？

離開的時候，蘇荏又忍不住回頭朝那人看了一眼。

忽而想到前世，正是這個臘月，她已經嫁到段家，鄰居串門時說到，她娘家蘇村凍死了個外鄉人，被發現的時候還有點氣，沒半天就死了。

是個年輕的兒郎，樣貌清俊、身材也好，十里八鄉都難找的標緻人兒。

那些鄰里婦人們談論起來都嘖嘖惋惜，說若是遇著一個懂行能醫的人，也就給救活了，不至於年紀輕輕，年關將至還客死異鄉。甚至還有人感嘆，若是她外翁還活著，興許那兒郎就救活了。

最後那個外鄉人在里正安排下，找了村上幾個漢子，在山下尋個地方草草埋了。此後沒有任何人來尋人問屍，無人知其是誰。

屋內這個年輕人，應該就是前世那個外鄉人吧！

「是什麼人？怎麼樣？救活了嗎？」回到家，蘇母好奇地詢問。

「看著應該是外地來的。身上青紫的傷不少，倒是沒緊要的，雖然凍得厲害，現在也沒事了。」

蘇母朝外面看了一眼，一夜的積雪已經到了小腿肚，感嘆道：「多半是回鄉過年，幸好被大富給瞧見，否則要沒命了。」

說完，蘇母又感慨了一聲。「也不知道蒙子怎麼樣了，北地肯定比咱們這兒更冷，風雪更大。」說著眼眶紅紅。

蘇荏倒了碗熱茶遞過去。

「娘，爹不早就說了嗎？雖然大風雪，可如今和北蠻人休兵，軍中沒妳想的那麼苦，吃得飽、穿得暖。」

蘇母朝蘇父看了一眼，拭了下溢出的兩滴淚，吸了吸鼻子。

午後，胖三嬸家的那個年輕人果然醒了，吃了些東西，人也真正活了過來。

恰時李長河帶著蘇荏過來複診。

年輕人圍著被子，坐在火盆邊的木板床上，手裡捧著熱騰騰的茶碗，身子還有些發抖，看得出來身子還怵冷。

蘇荏將手中一小包治療傷寒的藥遞給胖三嬸，讓她熬製。

年輕人對李長河和蘇荏多次道謝。

談話間，年輕人自稱姓袁，單名一個禮字，史州人，家遭變故，來敏州投奔親戚，遇到劫道的，丟了錢財，自己天黑沒找到投宿的地方，又餓又冷，所以昏倒在村口。

年輕人低頭喝茶，蘇荏注意到他端著茶碗的手，雖有兩處凍傷紅腫，但皮膚細嫩、手指細長，連指甲都是齊整乾淨，竟比姑娘家的手還嫩，顯然素來十指不沾陽春水。

「你受寒較重，還有傷在身，太過虛弱，恐要多休養幾日才能出行。」李長河建議。

袁禮不好意思地朝大富和胖三嬸看了一眼。

畢竟現在吃住在別人家，也不知道他們的意思。

胖三嬸在一旁矮板凳坐下，笑著道：「那就住幾天，就是多雙筷子的事情，出門在外哪有不幫襯的？現在這麼冷，雪厚著呢，趕路也不方便。咱們這距離敏州城二百里路，過幾天走，也不耽誤你去親戚家過小年。」

袁禮遲疑了須臾，略帶窘迫地再次道謝。

蘇荏和李長河剛離開胖三嬸家，就有村上兩個婦人來串門，進門瞧見陌生人便詢問起來，幾問幾答就把對方摸了個大概。

二十一歲，本是家勢豐厚的書香子弟，因家中變故，如今一貧如洗，無父母叔伯，亦無兄弟姊妹，至今尚未娶妻。親戚是十多年沒聯繫的遠親，能不能尋得到尚未可知。

很快這消息就在村子上傳開了。

胖三嬸家救了個無家可歸的年輕人，人模樣好、脾氣好，還是讀書人，說話舉止都讓人舒服，比段家大郎和二郎加起來還好上許多。

於是，村子上那些閒著的婦人，都好奇地去胖三嬸家串門，目的就是要瞧瞧這個被誇上天的年輕人，到底是不是跟聽來的一樣。

段家大郎已經是難找的小伙子了，還有更好的？

旺嬸聽到有人這麼說自然坐不住，也藉著串門去親眼瞧瞧，一打量，這模樣的確比大女婿好，還是有學問的，真如別人說的那般。

晚飯的時候，旺嬸看了看坐在身邊的二女兒，模樣雖然不及曉豔，卻也差不到哪兒去，在村子上也是數一數二的，過了年都要十五了。

自己三個女兒，總是要有一個留在家裡招個上門女婿，既然這個袁大郎已經無家可歸，將來必然也是入贅的。

他家世清白又會讀書，以後說不定能考個功名，哪裡還能再找個這麼好的？

旺嬸笑著對曉麗說了自己想法，然後道：「妳明天去三嬸家瞧一瞧那袁大郎，可比妳姊夫還好的男人，跟段二郎一樣是讀書人，讀書人最知道疼媳婦，而且將來入贅，還怕有人欺負妳不成？」

曉麗從小就知道阿婆對自己的娘不好，現在又見了自己的大姊在婆家被刁難，也有留在家招婿的打算，被親娘這麼一說就心動了。

她自認為長得不比大姊差，自然找的夫婿也不想比大姊夫差。

第二天，曉麗就找個藉口去胖三嬸家借針線，果然見到被娘親誇上天的袁大郎。

他正坐在矮木床邊給胖三嬸的小兒子青石講故事，說話不急不緩，沈穩凝練。

察覺有人來，他抬頭望過去，眉眼間神采飛揚，五官俊逸非凡，禮貌地對她點頭微笑、打招呼。

曉麗從沒瞧過哪家兒郎笑得這般好看，只一眼，就感覺自己的心怦怦跳，快要從嗓子眼蹦出來，臉頰、耳根滾燙。

胖三嬸從裡屋出來。「曉麗，妳怎麼過來了？可是有事？」

曉麗好似被人猛然從雲端拉下，神志清醒過來。

「我……我來借個針線……大紅色的粗線，三嬸家可有？」

胖三嬸頓了一下，旺嬸家和她家中間隔了七、八家，而且她家隔壁的李柔娘，最擅長針線繡活，家裡最不缺這個，怎麼借也借不到她家來。

她注意到曉麗目光閃躲，臉蛋紅撲撲，有點丟魂失魄的樣子，她朝一旁的袁禮瞥了眼，心裡也有了底。

哪裡是來借針線？是親娘來探底，閨女來看人。

「有，妳等下，我找給妳。」

胖三嬸轉身進了裡屋。

恰時，蘇荏走過來，瞧見曉麗站在進門的地方，穿著一件前幾天剛做好的牡丹色新襖。

不用問，就知道曉麗所為何來。

前世的曉麗一心想嫁個比姊姊好的男人，但是上門提親的對象，她一個都沒有看上，還指責媒人盡給她挑歪瓜劣棗，媒人、親戚都不願意再幫忙，最後她嫁給鎮子上一戶有錢人家。

男人比她大十多歲，原配第三胎難產一屍兩命，留下兩個女兒。曉麗嫁過去第二年生了個兒子，婆家對她還算不錯。但她看中婆家的家財，打心眼裡看不上又老又醜的丈夫，暗中和丈夫的堂弟勾搭。

最後事發，她被婆家活活打剩下半條命，休回娘家。

蘇荏走近前，瞧見曉麗垂眸嬌羞的淺笑，有幾分扭捏造作。

真是和當初曉豔在鹿鳴寺前遇到段明通一般模樣，不愧是一對好姊妹。

「蘇姑娘。」袁禮起身迎了兩步。

「你的藥吃得差不多了，鎮上藥鋪恰巧這幾日關門，我家裡還有一點備用的，就給你送過來了。」

蘇荏將手中的藥包放在一旁的矮桌上。

「多謝蘇姑娘，其實我的身子已經好得差不多了，也無須再吃藥。」

「氣色還是差的，多吃一帖鞏固鞏固。」

胖三嬸從裡屋出來，笑著對袁禮道：「都說是我們救了你，其實還是李郎中和荏丫頭。」

「你們都是袁禮的恩人。」

胖三嬸將針線遞給了曉麗，笑著道：「就這麼點了，不夠讓妳娘到別家借點。」

曉豔看都沒看手裡接過的針線，而是瞥向正和蘇荏說話的袁禮，剛剛的嬌羞姿態也頓時消失殆盡。

蘇荏只是簡單叮囑袁禮注意別受寒，傷處勤搽藥。說完，她回頭瞥了眼曉麗，便離開了。

曉麗立即跟著出門。

「妳和那袁大郎關係不錯。」出了胖三嬸家的院門，曉麗迫不及待地問。

蘇荏心中冷笑，扭頭看她。

「我算半個大夫，大夫和病人關係都不錯的。」

「就這樣？」

「妳這是何意？」蘇荏質問，臉冷了下來。

曉麗忙笑著說：「沒什麼。」然後低著頭快步回去。

蘇荏駐足回頭，朝胖三嬸家看了一眼。

這幾日也算天天和袁禮見面、說話，雖然袁禮謙遜溫和，但不經意間還是會流露出陰冷肅殺之氣，讓人膽寒。

他這樣的人，心思沈穩、心腸冷硬，一旦翻臉，比段明通狠戾得多。當日他所說的家遭變故、前來投親，多半也是假的，背後隱情必然複雜。

旺嬸和曉麗想打袁禮的主意，不僅白忙活一場，弄不好還會惹來麻煩。

且說曉麗一回到家，就將自己的心思告訴旺嬸。

旺嬸去胖三嬸家就更加勤快，明著、暗著打探袁禮的心思，還將胖三嬸拉到灶房，求胖三嬸幫忙給說合。

胖三嬸抓著旺嬸的手，勸道：「俗話說瘦死的駱駝比馬大，袁大郎是富貴人家出身，怎麼可能願意入贅咱們這窮苦的小村子，妳還是別打這主意了。」

旺嬸不屑地道：「現在不也是一貧如洗，要什麼沒什麼，連個吃喝落腳地方都沒有，還眼高於頂呢？」

「這不過兩天就去投奔州城裡的表親嗎？」

「遠房表親，又十多年沒聯繫了，如今他家落魄，親戚也就不親了，哪能指望上？還不如在咱們蘇村落腳，至少有個扎根的地兒。」

胖三嬸看旺嬸是勢在必得、不聽勸，她也不再浪費口舌。

「這事我幫不上忙，妳若是打定主意，自己想法子。」

旺嬸帶著幾分怨氣離開胖三嬸家。

陰日好幾天，終於放晴了，早飯後太陽照在人身上就暖暖的，空氣中沒有一絲的寒風。

各家或是忙著漿洗，或是忙著置辦年貨，走動串門的人也多了起來。

袁禮身子好了許多，準備明日啟程去敏州城，他聽說南山有個鹿鳴寺，就前去拜佛求福，保佑去敏州一路平順。

胖三嬸的小兒子青石貪玩，帶著他去南山。

村中幾位婦人到胖三嬸家的時候，袁禮已經出門。

幾個婦人坐在院子向陽的地方做活閒聊，話題就聊到了袁禮的身上。

「聽說這些天吃住在妳家，但醫病吃藥都是李郎中的，袁大郎一個子兒沒有，這可虧大了。」一個正在給身前小女兒篦頭的婦人道。

身旁裹著厚厚舊襖的婦人道：「李郎中心善，實在沒錢，他也不會見死不救。」

「這也是。」

「三嬸，我瞧這兩天曉豔她娘往妳家來得挺勤快，是不是看上那袁大郎了？」納鞋底的婦人壓低聲音伸著頭問。

胖三嬸給她遞了個眼色，婦人朝外面望去，正瞧見旺嬸帶著曉麗從門前經過。

母女倆穿著乾淨利索，頭髮也梳得油光，特別是曉麗，打扮得花枝招展。

「趕集呢？」胖三嬸笑著打招呼。

「不是。」旺嬸朝南山指了指。「去段村走親戚。」

待旺嬸和曉麗沿著石子路朝南走，院子裡的幾個婦人都議論開來，想法不謀而合，認為她們母女是奔著袁禮去的。

快到晌午的時候，袁禮回來了。

午後好一會兒，旺嬸和曉麗也一起回來。

蘇荏正從村裡蘇二叔家回去，遇見旺嬸母女倆有說有笑地迎面走來。

曉麗一直低垂著頭，擺弄手裡的什麼東西，露出一臉嬌羞。

旺嬸瞧見蘇荏，輕輕拍了下身邊的曉麗。

曉麗抬了抬眼，然後將雙手攏在袖子裡。

走近了些，蘇荏注意到曉麗袖口露出一截青色穗子，這穗子編織的樣式精巧新穎，她記得是袁禮玉珮上所繫。

蘇荏稍有驚疑，袁禮不像是好色之徒，更不像能夠輕易與姑娘盟定三生之人。可從曉麗的嬌態來看，這玉珮不是撿、不是偷，恰恰是袁禮相送。

她隱隱有不詳的預感。

「旺嬸從段村回來了？曉豔最近可好？」

「好著呢！」旺嬸笑著回答。

自從曉豔的事情後，旺嬸對她不冷不熱，從沒有如今這般笑容。

蘇荏也笑著回應。「曉豔和段大郎樣樣都般配，以後好日子多著呢！」

「好日子」三個字，她咬得有點重，但旺嬸和曉麗此刻都沈浸在自己的喜悅中，並沒有注意。

蘇荏瞥了眼曉麗。「前兩天在鎮子上遇到劉婆，她還問我，曉麗有沒有人提親。鎮子南面的邵村有個兒郎趕集時候看上曉麗，託她來提親，恰巧這幾日化雪，天冷地滑她沒過來。聽她說那兒郎人長得不錯，家裡是殺豬的……」

「妳說的是鎮子上賣豬肉那人的兒子吧？」蘇荏話沒說完，曉麗就搶過話輕蔑的冷笑。「跟他爹一樣肥頭大耳、腰圓膀粗，還叫模樣好？」

曉麗冷冷白了蘇荏一眼，拉著旺嬸就朝家門去，好似蘇荏就是那個不堪入目的提親人一樣。

蘇荏本想藉此將話轉到袁禮身上來勸她們，就這麼被生生卡在喉嚨裡。

看著母女兩人進了家門，蘇荏猶豫了一下，還是趕上去兩步，勸道：「旺嬸、曉豔，袁大郎來歷不清，家世背景全憑他一面之詞，不足為信。旺嬸若是真有心，還是要先弄清楚這些，不可草草下決定。」

旺嬸斜了她一眼，不鹹不淡地道：「我這麼大年紀，看人還沒妳準不成？」

曉麗在一旁低聲譏諷。「妳是想著自己湊上去吧？可惜袁大郎沒看上！」又白了她一眼，轉身朝西屋去。

既然對方不領情，蘇荏也不湊上去招人嫌，轉身回家了。

第十二章

當夜明月懸空，照在還未消融殆盡的雪地上，視線比平常清晰，只要不是太遠便隱約能分辨出人來。

蘇荏起夜的時候，瞧見低矮的院牆外有人經過，雖然用方巾蒙著頭，但並不難分辨出來是隔壁的曉麗。

她心中也猜到了大概，這種深夜私會男人之事，前世曉麗沒少做過。

蘇荏站在門前，猶豫須臾，輕嘆了聲。

自己就算去勸阻，曉麗也不會聽，反而還要倒打一耙，何必給自己找不痛快？

前世曉麗也沒有少幫曉豔欺辱她，這個好人還是不要做了吧！

看著月光下的身影消失，蘇荏瑟縮了下身子，折返回屋。

天還沒亮，蘇荏就被隔壁曉麗的哭聲吵醒，哭聲顯然已經刻意壓抑，可在黎明前依舊響亮，聽得真切。哭聲不斷，哀傷痛絕一直到天亮方歇。

早飯後，袁禮要啟程，胖三嬸烙了幾張大餅，又裝了一小罐的醬菜給他放在包裹裡，這是平常家裡人出遠門常帶的乾糧。

袁禮鄭重道了謝，然後又特地向李長河和蘇荏辭別。

李長河和蘇荏以及胖三嬸、大富送他到村外。

袁禮朝著幾人深深拱手作揖。「各位的救命之恩，袁禮銘記，若有機會，袁禮必報答你們的大恩。」

胖三嬸忙扶起袁禮。「什麼報答不報答的，誰出門在外不都靠著他人幫襯，你就當是借宿幾日。」

她回頭瞧見李長河和蘇荏，立即道：「要真報答，你該報答李郎中，你的命是他救的。」

袁禮再次躬身施禮。

李長河擺手。「無須多禮，醫者本分。你現在身子沒有完全康復，路上還是注意些。」

袁禮又感謝一番，才依依不捨話別。

蘇荏回頭看了眼，曉麗沒有來送行，不知道是怕別人說閒話，還是不忍面對離別。

看著漸行漸遠的袁禮，她心裡五味雜陳。

昨夜他還與曉麗幽會，今日便如此決然離開，似乎對於昨夜之事、昨夜的人都沒有一絲的不捨和掛念，連一個期待曉麗來送別的眼神都沒有。

他這一走可能永遠不會再回來，旺嬸和曉麗的盤算落空，以後曉麗不知會怎樣。

剛轉身回到家，隔壁曉麗的哭聲再次響起，聲嘶力竭，如喪考妣，痛苦不已。

蘇荏覺得自己似乎真的小瞧了曉麗，她竟然用情如此深。

次日，劉婆登旺嬸家的門，為鎮子南面邵家大郎來提親，不知說了什麼，只聽到曉麗大哭，旺嬸大叫，最後卻應了這門親事。

蘇荏覺得奇怪，前一天為了袁禮的離開痛哭流涕，恨不能隨他一起，隔一天就答應了看不上眼的邵家大郎的提親，這不是一個正常人該有的情感變化。

就算她對袁禮失望，哪怕是痛恨，也不該這麼快就決定嫁給別人。

裡面肯定有問題。

蘇荏左思右想，想不明白，直到幾天後青石來找蘇葦玩的時候，無意間說到袁禮離開前一天晚上的事。

那夜，袁禮陪著青石坐在窗前賞月，還給他講許多關於月亮的故事，一直到下半夜。

如此說來，那夜袁禮沒有離開胖三嬸家，與曉麗幽會的人根本不是袁禮。

再聯想到劉婆為邵家提親，旺嬸當日答應，曉麗痛哭，蘇荏模糊地猜到大概。

那夜和曉麗幽會的人可能是邵大郎，而且曉麗已不是清白之身，她只能夠應了邵家的提親，否則事情傳開，曉麗這輩子就完了。
玉珮是袁禮的，私會也必然是他相邀，可為何那夜他沒去，而去的是邵大郎？
袁禮和邵大郎認識？
串通？
這不可能！
蘇荏否定自己的猜想。
可若不是，為何私會之人忽然變了？
她想不通，這裡面到底有何緣故也只有當事人知道，但當事人也斷不會讓他人知曉。
邵家倒是乾脆俐落，劉婆剛上門沒幾天，聘禮就抬到旺嬸家，和段家當初的聘禮相比，少得可憐。
旺嬸雖不滿卻也只能忍下。
村上的人對這突如其來的一門親事覺得奇怪，誰不知道前些天旺嬸還眼睜睜地盯著袁大郎，扭頭就將曉麗嫁給邵家。邵家並不窮苦，甚至還算相對富裕，但聘禮竟然不及平常人家娶媳婦，更怪的是旺嬸還同意了。
村人私下猜測紛紛，不自覺就朝壞的方面去猜。

邵家也打算好了，年關已近，待過完年開春就將人迎娶過門。

除夕前，蘇家的人都在忙著打掃屋舍小院，忙著蒸包子、做餡餅、煮肉、熬湯等以備過年之用，忙得熱火朝天。

江母帶著江未晚忽然來訪。

母女兩人提著幾個籃子，裡面裝滿了臘肉、羊肉、鯉魚、鹹蛋，還有乾果、糖塊，想要感謝李長河救了江未歇之命的恩情，這倒是把蘇家的人都給驚著了。

往年李長河救過的人，也有年節前送東西來的，但李長河都沒收，怎麼拎來最後又怎麼拎回去，此後那些人心懷感激來看望，也沒有再送東西。

今年江家提了這麼多東西來，讓蘇家著實意外。

李長河不願意要，但是江母不依，說什麼都不願意再拎回去。

蘇父道：「岳丈常言，救人是醫者本分，而且診費、藥費你們都給了，哪裡還能夠再收這些？何況我家葦子跟著你家公爹讀書，咱們本該送你們東西的還沒送，你們反而送來東西，豈不是讓我們難堪了？」

李長河和蘇母也一起勸著，好說歹說最後收了點孩子喜歡吃的乾果、糖塊，其他都讓江母拎回家去。

看著母親和妹妹將東西幾乎原封不動地拎回來，江未歇一點也不覺得驚訝，蘇家人的品性他早聽說了，所以勸母親無須送這些東西，可母親認為不送太不近人情。

其實他不是不讓母親送，只是年節已近，這些東西家家戶戶都已經置辦，蘇家必然不缺，送了也顯示不出太大誠意，要送也該送些別人稀罕的，可他心知那些東西，江家如今的境況也送不起。

「你過年二月非要去縣試，如今身子還弱，娘尋思著和蘇家處好關係，讓李郎中再想想辦法，看看能不能給你調理調理身子。」

江母拎著籃子朝堂屋去。

江未歇聞言，有幾分心酸愧疚。「娘，妳別為兒子費心了，若是到時身子不行，兒子不會勉強的。」

「若不能去，你必然覺得遺憾，娘別的不能幫你，揀能做的幫你做。」

江未歇站在門前，看著母親在屋內忙活，並吩咐江未晚將醃好的豆腐給親鄰幾家送過去，感謝他們這一年對家裡的幫襯、照顧。

說是幫襯他們家，其實就是幫襯他一人而已。

江未歇的手輕顫了幾下，眼眶溫熱。

許久，他有幾分哽咽地道：「都是兒子連累了你們。」

江母聞聲有異，回頭看著門前背光站著的兒子，雖然看不清眉眼，卻能感受到兒子的自責內疚。

她慈愛地笑道：「你這小子，讀書讀傻了？我是你娘，現在養你不是應該的？怎麼就連累了？娘老了還指望你養老送終呢！到時候你會覺得娘是累贅不成？」

「自然不會，兒子養娘天經地義。」江末歇立即堅定地道。

「那不就得了。」江母笑著擺了擺手。「快別愣站著，回屋讀書去吧！這段時間你阿翁也有空和你慢慢講解。」

江末歇又愣站了須臾，才轉身回房。

除夕轉眼就到了，家家戶戶張燈結綵，喜氣洋洋。

蘇普陽雖然和二弟分了家，但年節還是在一起過，都到他家來。

一大家十來口人進進出出，熱鬧非常，蘇荏姊弟三人雖然很不喜蘇二嬸，但大過年的，加上長輩都在，表面上也都和和氣氣。

蘇二嬸一家五口人過來吃飯，就真的只是過來吃飯，別說是買肉、買魚了，連個白菜葉子都沒有帶過來。

蘇苒私下和蘇荏抱怨了幾句，被蘇荏勸阻了。

吃過年夜飯，大年初一晚輩給長輩拜年的時候，蘇二嬸幾口又過來蹭飯。

蘇荏三姊弟給蘇二叔、二嬸磕頭拜年，一人就給了三文錢壓歲錢。

蘇母本來準備多給蘇藤兄妹三人，被蘇苒給攔下，也只每人給個三文。

但是李長河作為最長者，沒有偏頗，兩家都一樣，讓蘇苒更加不高興。

初三的時候，蘇二嬸娘家人過來接，她帶著小兒子蘇藤回去，於是蘇二叔帶著蘇蓬和女兒繼續在大哥家吃飯。

一直到了初七、八，蘇二嬸從娘家回來，二房才開灶燒飯。

上元節過後，年算是過去了。

蘇葦每日去鎮子上讀書，蘇父、蘇母也籌備新一年的打算。

蘇荏一如既往每日跟著李長河學醫。

學了快一年，也算小有成績，雖然不能自己醫病救人，但最簡單的草藥醫理還算通曉，常見的頭疼腦熱等小病，也能夠把握七、八分。

去年，她剛死而復生，情緒一直被身邊的人事牽動，或激動欣喜，或仇恨怨懟，心中裝的東西太多，總不能靜下心來跟著外翁學醫，所以一直都是馬馬虎虎。

新年伊始，她準備全身心投入到學醫上，將來也有立足於世的一技之長。不會再如前世，身無所恃，為了孩子、為了自己，她只能夠在黑暗中苦苦掙扎，拚盡全力，都爬不出那幽暗的命運深潭。

今世她總要活得不一樣，活得更好。

她將所有心思用在學醫上，發現自己越發喜歡這些藥石草木，竟然有些割捨不開，連李長河都誇讚她好似突然之間開竅了，在這方面比她娘和她大哥有天分。

正月底，她正在家院中一邊翻看醫書，一邊聽著李長河的講解，江父和江母忽然登門。

看著他們不急不慌，不像是來求醫的。

蘇荏起身相迎，請他們在院子裡入座，並端來兩杯熱茶放在面前的矮方桌上。

他們二人端著茶碗，神情有些許侷促，似乎是有什麼難以啟齒之事。

李長河見此，主動問起江未歇最近的身體狀況。

經這兩月的調養，他已好了許多，但身子禁不起寒冷勞累，稍有不慎就咳嗽不止。年後有十來天，每天讀書到深夜，加上更深寒重，身子就吃不消，渾身發虛發軟，咳嗽連連，被勸止後，身子才慢慢好起來。

聊了一會兒，江母終於轉到正題上，說明今日的來意。

「李郎中，我們今日也是覥著老臉來求你，這事我們也知道有些過分、不該求，但是我們做爹娘的也都是為了孩子。」

江母頓了頓，聲音略顯哽咽。

「我家未歇雖然從小體弱多病卻十分懂事，知道我們做爹娘的不容易，所以無論什麼事都憋在心裡頭。別人家孩子有個病痛，都撒嬌討好要這、要那，他從沒開過口。」

也許是想到自己兒子這麼多年被病痛折磨而心疼難過，江母情不自禁落淚，她忙用袖子拭去，吸了吸鼻子，接著道：「我知道他一心想去參加下個月縣試和四月份的府試。可他身子不行，聽說考場條件差，還要待上幾天，他身子怕是撐不住。但這是他這麼些年唯一的願望，我們做爹娘的也不想讓他就這麼眼睜睜的落空，他自己也想去試試。所以……所以……」

江母看著李長河，心中慚愧，後面的話還是沒有勇氣說出來。

李長河沈吟片刻。

「你們是想讓我幫他調理身子，然後陪著他去縣城考試，若是有個好歹，及時醫治？」

江母有些難為情地看著李長河。

「我們知道這事為難李郎中，他這考試也不是兩、三天的事情，必然耽擱李郎中為其他人出診，所以我們湊了點銀錢作為酬勞和補償。」

江母從襖子裡掏出一個碎布縫成的陳舊錢袋，裡面嘩啦啦的聲音，顯然都是零碎的銀子和大小圓錢。

「這裡是幾兩銀子，若是不夠，我們回去再湊一湊，給你送過來，只求李郎中能夠應了此事。」

李長河知道江家的為難，也知他們的誠意，但是他有自己的考量，且不說江未歇的身體根本不適合去參加今春的兩場考試，就算他跟去縣城，少說也是大半個月的事情，而且他下個月還有幾位病人需要去複診。

蘇荏瞭解外翁的性子，知道他心中不願，就問江母：「江小郎讓你們這麼做的？」

「自然不是。」江母解釋。「他不知道我們來，他想自己扛著，是我們做爹娘的心疼，放心不下。」

「他的身體我外翁已經說了，根本不適宜參加今年的童生試，明年再考有什麼不可？江叔、嬸子，你們還是回去勸勸江小郎吧！就算我外翁答應了，考場裡若是有個好歹，我外翁也無能為力。」

「這些話，我們不知道勸了多少回，他聽不進去，說自己身子沒那麼差，還說幾場考試不是連天的，每場之間可以休息兩、三天，他能撐得住。」

「真是頭牛！」蘇荏低低罵了句。

江母聞此，沒有生氣反駁。

李長河拿起桌上的錢袋，塞回江父手中。

「這錢我不能收，明日我去給小郎看看身子後再說吧！」

江父、江母也不好再多勉強。

他們離開後，蘇荏低聲道：「真是沒瞧出來，看著弱不禁風，脾氣這麼倔。明知道自己身子不行還非要去，真想作死！」

李長河頓了一瞬，忽然笑了。「妳這丫頭倔起來不比他弱。」

「我……我分得清輕重。」蘇荏爭辯道，收拾兩個茶碗去了灶房。

次日午後，江未歇靠牆，坐在堂屋門前的小凳上曬太陽，懷中抱著一條一個多月大的小土狗，正在逗著小狗玩耍，心情不錯。

聽到有腳步聲，他抬眼看到來人，抱著小狗站起來。

「李阿翁，荏妹妹，你們怎麼來了？」

「來瞧瞧你的身子狀況。」李長河慈愛地笑著。

蘇荏因為他的任性，讓外翁受累，心裡不悅、臉色不善。

小狗崽對她奶聲奶氣地叫了幾聲。

蘇荏這才注意到江未歇懷中抱著的小狗，一身灰色的毛髮，蜷縮成一小團，烏溜溜的一雙大眼盯著她看，挺可愛的，她面色才緩和了些。

江未歇見此，上前將小狗遞給她，然後請他們到堂屋坐。

江父、江母聞聲，從屋內迎出來。

蘇荏抱著肉乎乎的小奶狗，揉牠溫暖又毛茸茸的身軀，心裡頭很是喜愛。

李長河在屋內給江未歇檢查身子，她就坐在門邊剛剛江未歇的位置，擺弄懷中小狗，一會兒揪揪牠的耳朵，一會兒抓抓牠的小爪子，一會兒又用臉蹭蹭牠柔軟的毛。

江未晚走過來，笑著問：「蘇姊姊，妳若是喜歡的話，讓我哥把牠送妳吧！」

「你哥養的？」

「嗯，之前家裡養的狗去年這個時候老死了，後來哥的身子不好，一直沒再養。這是半個月前，從村裡三嬸家抱來的，她家的狗生了好些小狗崽，也養不了，都準備送人，我們再去要一隻過來養。」

「我可不能奪人所愛。」

蘇荏將小狗抱起來，也許是弄著牠不舒服，牠又汪汪地叫了幾聲。

剛將牠放在腿上，牠就掙扎地扭著身子朝地上跳，栽了跟頭。翻個身後，牠拽著胖乎乎的身子，一扭一扭地朝堂屋江未歇的腳邊跑去。

李長河已為江未歇檢查完身子，身體較年前好了許多，但仍舊虛弱怕寒，便仍建議他來年再去參加童生試。

江未歇看了眼眾人，微微垂頭抱起腳邊的小狗崽，沒有應答。

李長河見他主意堅定，叮囑他考試時候注意，便沒有再多言。

出了堂屋，江母背著江未歇，對李長河提及昨日所說之事。

李長河皺皺眉頭，嘆了聲。「我年紀大了，有心無力。」

見李長河再次回絕，江母也不好意思再懇求。

江未歇抱著小奶狗出來，蘇荏將目光落在小奶狗的身上。

江未晚忙跑上前來，勸江未歇將小狗送給蘇荏，然後重新去三嬸家抱一隻來養。

蘇荏立即解釋。「我就是一時新鮮，覺得這麼大的小狗崽好玩而已。」

江未歇笑了笑。

「既然妳喜歡，這隻送妳又何妨。」他將小狗遞了過去。

蘇荏看著胖乎乎的小狗崽，大眼眨呀眨，小耳朵抖了抖，憨態可掬，她還是忍不住心中的喜歡伸手接了過去。

小狗叫了兩聲，在她懷中刨了幾下，找個舒服的姿勢趴著，似乎很享受被這樣抱著。

江未歇則叮囑她，這麼大的小狗要怎麼餵、怎麼養。

蘇荏一邊聽，一邊想笑，誰家沒有養過狗，她以前還養過比這更小的狗崽，這些自然都是一清二楚，他竟然把她當成一個什麼都不懂的小孩子一樣慢慢地教。

蘇荏忽然想捉弄一下他，故意裝出不高興地道：「你這麼不捨、不放心，還是留下來自己養吧，可別被我養壞了，你心疼，還埋怨我呢！」說著，將小狗雙手遞還回去。

「我不是那個意思。」

江未歇緊張地慌忙解釋，搖頭擺手退了一步。

「那什麼意思？」蘇荏不依不饒地逼問。

「我……」

江未歇心亂不安，腦中瞬間一片空白，竟說不出一句話來。

李長河見此，低聲教訓蘇荏。「不可如此無禮。」

江母知道兒子對蘇荏有好感，自然不會有對方說的那層意思。見氣氛緊張，她忙笑著對蘇荏道：「未歇很少與人打交道，不會說話，他不是那個意思，荏丫頭，妳別怪他。」

蘇荏看著江未歇像個做錯事的孩子因為慌張而面色泛紅、手足無措，和平常病弱、淡然的模樣反差很大，忍不住笑出聲來。

「逗你玩的。」蘇荏將小狗再次抱入懷中。「我養過這麼大的小狗，知道怎麼養，你放心好了。」

江未歇才放鬆情緒，略帶羞澀地笑了笑。

蘇荏隨李長河離開後，江未歇還愣站在院子中，想到剛剛自己的失態，臉頰又熱了起來。

這樣的事情他本可以從容應對，怎麼就忽然緊張了呢？

竟然連話都不會說了……

他拍了下自己腦袋，責怪自己，懊惱不已，轉身到東偏房看書去。

第十三章

蘇荏抱著小狗回到家後，蘇苒也很喜歡，抱著捨不得鬆開。

「大姊，牠叫什麼名字？」

蘇荏愣了。

她竟然忘了問江未歇。

他讀過那麼多書，給小狗起的名字肯定好聽。她雖然識字，但是看的書不多，最多的就數醫書了，可不會取有深意的名字。

琢磨了下，蘇荏笑道：「就叫三七吧！」

「那不是藥嗎？」

「對啊，好記。」

「大姊，妳可真省事，都不動腦子的。」

蘇荏笑了笑，去灶房給小狗崽弄些吃的。

眨眼間，二月到了，距離縣試只有幾天的時間，參加考試的考生都趕著朝縣裡去，提前安排吃住的地方。

雖然官府免費給參加的考生提供了食宿的地方，但是條件太差，江家怕江未歇的身子吃不消，因此不敢住。

所幸江村有個嫁到縣城的閨女，和江秀才家關係還不錯，江未歇考試的這些天，吃住就在她家。

江村距離恭縣城也就幾十里路，趕著牛車，天亮走，天黑就能到。

為了讓江未歇考前多休息、養精蓄銳，提前好些天，江秀才和江未晚就陪著江未歇去縣城。

江秀才自己是秀才，而且教了這麼多年的書，幾乎每年都有學生參加童生試，對這一方面很熟悉。考試需要辦理的一應親供、互結、具結之類和報名等事項，他算熟門熟路。

因江未歇身子不好，江秀才都提前幫他一一辦妥。

江未晚過去，單純是為了照顧江未歇的起居。本來江母想跟著過去，但畢竟要在別人家一住好些天，不好意思去這麼多人，家裡也還需要照應，便讓江未晚跟著。

在他們出發的當天，蘇荏正在院子中逗弄三七玩，聽到隔壁旺嬸與別人聊天的時候提到了段二郎，他也參加今年的童生試，翌日就要去縣城，陪著他去考試的人是段大郎和曉豔。

蘇荏回想起前世，陪著段明達去考試的人是她和段明通。

因為考場條件差，吃得又不好，段明達幾場考試下來消瘦了些，一回到家，段母就怪她沒有照顧好小叔子，將她痛罵一頓，還要責罰她。所幸段明達不僅考中，還是案首。

段母高興，段明達又幫她說情，才勸住段母。

案首？案首！

她心裡反覆地想著當初段明達考中案首的時候，段母相當高興，鞭炮、鑼鼓吹打了好幾天，逢人便炫耀誇讚他小兒子聰明、有本事，將來必然做高官。

後來段明達爭氣，又拿下了府試案首，段家一時風光無限，段母也很是得意。

蘇荏越想，心中越是堵得慌，段母的得意就像是對她的一種嘲諷，狠狠戳痛她的心。

她見不得仇人這般稱心如意，即便前世的段明達對她並不壞，她也忍不下。

蘇荏接觸江未歇這麼長的時間，知道他才學並不輸段明達，甚至在讀書方面較段明達聰明些，只是身體緣故，不能夠全身心投入，一直耽擱著。

前世段明達能夠考得案首，那是因為江未歇病重未能參加。

若是這輩子江未歇也參加了縣試、府試呢？

是不是會有另一種結果？

此刻她發現，自己還是放不下，也許這輩子都放不下那十幾年的仇恨。

兩日來，這件事情反反覆覆在她的腦海中閃現，讓她心煩意亂、坐立不安。

縣試前兩天，蘇荏在晚飯的時候鼓足勇氣和家人說了自己的想法。

「我想去縣城照顧江家小郎考試。」蘇荏低垂著頭，聲音也壓得很低。

她一個未出閣的姑娘，根本就不該說出這樣不知羞臊的話來。

果然蘇父、蘇母大為驚駭。

「說什麼胡話！」蘇母責怪。「讓別人知道了，妳名聲還要不要了？」

「我……我以大夫的身分去照顧病人……」

「妳算什麼大夫！」蘇父嚴厲地訓斥。「江家小郎那邊妳外翁也盡力了，他們一意孤行是他們自己的事，何須妳一個未出閣的丫頭去照顧？成何體統！」

「我……我覺得江家小郎書讀得挺不錯的，既然去考了，若是因為身體不好沒考上，怪可惜的，所以……」

「我不同意！」蘇父果斷否決。

「爹，現在小葦跟著江秀才讀書，也有師生恩情，咱們家能幫就幫點。而且江家有江秀才和江家小妹在，又是住在別人家，並非單獨相處，我藉著大夫身分去照顧，也不影響什麼名聲。」

「對啊！」蘇葦立即附和。「爹，先生對我都比其他同窗照顧，正好這些天先生陪著歇哥哥去考試，學堂不上課，我陪著大姊一起去縣城……」

「你是想著玩吧？」蘇父呵斥。「這事情不行！」

蘇葦噘了下嘴，悶頭吃飯，不敢再說話。

蘇荏看向一旁的外翁求情，外翁平日最疼他們孫輩的孩子，也最懂她的心思。

李長河並沒有開口幫她說話。

蘇荏心中失落，若是蘇父、蘇母不同意，她也不敢真的違背他們的意思，讓他們因為她的任性而擔憂。

一頓飯就在一家人沈悶的氛圍中吃完。

晚上，躺在床上，蘇荏心緒不寧，輾轉反側，久久不能入睡。

早飯時，蘇荏見到蘇父眉頭微皺，蘇母的臉色也帶有幾分焦慮，心知是昨日的事情讓他們煩憂，不敢再提。

一頓飯也沒人說話。

早飯結束，蘇荏收拾碗筷時，蘇父忽然開口。「江家小郎是個難得的好孩子，若真的有個閃失，怕落下一輩子的病根，的確可惜。」

蘇荏有些詫異地看著蘇父。

「陪妳外翁一起去。」

蘇荏愣了一下神，看向坐在桌邊的李長河。

李長河臉上慈和地笑著。

父親之所以同意，怕是昨夜外翁相勸。如今自己跟著外翁去，也不怕別人亂嚼舌根，只是讓外翁受累了。

「謝爹，謝外翁。」

蘇荏端著碗筷朝灶房去時，聽到身後母親的一聲感慨。

「都說女大不中留，這回我是信了。」

蘇荏心中自嘲苦笑。

蘇荏跟隨李長河在縣試當天的傍晚來到縣城。

他們找到江家人暫居的夏三郎家，在一處相對僻靜的小巷子裡，門前種著一棵老槐樹。

開門的人是一位二十多歲的少婦，正是江小桃。她滿頭大汗，臉頰微紅，袖子捲到胳肘上，雙手還滴著水，顯然剛剛在忙活。

江小桃一眼認出來人是娘家隔壁村的李郎中，立即人喜。

「李郎中，你來得可正是時候，未歇這會兒正燒著呢！」

江小桃一邊引著他們朝西偏房去，一邊和他們說明情況。

這幾天乍暖還寒，今早考試，江未歇天沒亮就赴考，考場裡冷，在裡面一天也沒吃到熱東西，受了寒，出了考場，人就昏昏沈沈的，回到家就發起高燒。

江家人去請大夫，跑了好幾家醫館，大夫都出外診，無奈之下只得按照以前的老方子抓了退燒的藥。

蘇荏和李長河一進西偏房的門，就被旺盛的爐火烘得周身熱了起來。

矮床上的少年面色灰白，有氣無力地躺著，眉頭微皺，雙唇緊緊抿著，雙目有些無神，顯然很難受。

可當看到來人的時候，他目光忽然清亮起來，渾身似乎也有了力氣，撐著床沿坐起來。

「李阿翁、荏妹妹？」

正在照顧他的江秀才和江未晚回頭瞧見人，好似看到救命稻草一般。

江秀才起身就迎了過來。

李長河與他寒暄兩句後也不耽擱，立即給江未歇醫治。

蘇荏在一旁打下手，若需要其他的東西，就由江未晚和江小桃準備著。

最後李長河打開爐子上正在熬藥的藥罐，撥弄了幾下裡面的草藥，嗅了嗅又嚐了嚐。

「這藥雖有退燒之效，但江小郎是受寒發燒，加之他身體本就羸弱，這藥對他來說太過強猛，反而有損身子。」

蘇荏聞言，從藥箱中取出筆墨紙張放在了一旁的小几上。

李長河重新開了張藥方，遞給江秀才。

江秀才道了謝後，便要出門抓藥。

江小桃立即勸道：「縣城我熟，我去抓藥。」

「天快黑了，妳出門不安全，還是我去。」

兩人爭執時，夏三郎走進來。「我去最合適。」

夏三郎從江秀才的手中接過藥方便出了門。

捂著被子烤著炭火，吃了碗熱湯麵，然後又喝了湯藥，發了不少的汗，江未歇才慢慢退了些燒。

靠在床頭的櫃子上，他神情慵懶地看著眼前正在給爐子添炭的蘇荏。

她纖瘦的身子，蹲下來就那麼一團，那纖細的手，拿著鉗子在撥弄炭塊，爐火映照在她小巧的臉蛋上，紅彤彤像極誘人的山果。

蘇荏撥好炭火，將水壺放上，抬頭正對上江未歇盯著她的目光。

江未歇有些心虛，慌神地移開視線，朝房門望去。

蘇荏回頭看了一眼，沒人進來。

此時李長河和江秀才在隔壁說話；江未晚幫著江小桃在灶房忙活；夏三郎與夏母在堂屋逗孫子。

西偏房內只有他們兩人。

蘇荏轉過臉，瞪了眼江未歇，低聲責怪。「明知道自己身子不行，非要逞強，讓這麼多人跟著你、照顧你，你心裡慚不慚愧？若是今日我外翁沒來，你吃了之前的湯藥，這會兒不知怎麼樣了，別說是下面幾場考試了，就是明天能不能醒都不見得。這麼大的人了，不知道輕重，不知道什麼可為、什麼不可為，讓家裡人為你擔驚受怕，還連累別人，你對得起誰？都說你聰明，我看你傻得要命！」

她喋喋不休的數落訓斥，矮床上的江未歇噗哧笑出聲來。

蘇荏愣了下神。

「你笑什麼？」

江未歇憋住笑，穩了穩情緒，淡笑道：「別人都說荏妹妹性子柔和，原來教訓起別人來這麼厲害，我可是領教了。」

蘇荏白了他一眼，隨手從旁邊的小几上拿過一本書甩給他。

「看你的書去！」

「我現在腦子糊塗，不想看書，我想和妳說話。」

「你不是不善與人交談嗎？」

「我……我慢慢學著。」

蘇荏昂頭看著他笑盈盈的俊白臉蛋，也許是常年臥病不見光，沒有村上兒郎經過風吹日曬的暗色和粗糙感，一張白嫩的臉好似剝了殼的雞蛋。

他目光清澈純淨，似一湖春水，溫柔無波，給人一種無來由的溫暖和信任。

就這樣看著面前的人，什麼都不做不說，就是一種很好的享受。

「謝謝妳和李阿翁，今日沒你們，我……真的怕明日醒不過來。」他鄭重地道。

蘇荏隨手從小几上拿過一本江未歇的書，胡亂翻著。「你下面幾場還要考？」

「是！」江未歇沒有猶豫。

「能考過嗎？」

「可以！」依舊沒有遲疑。

蘇荏抬頭看到他目光中充滿自信。

她猶豫了下，聲音低了幾分。「能拿下縣案首嗎？」

江未歇神情一震，放在被子裡的手不由得抓緊了些。

前世，他們恭縣的縣案首是段明達，他不僅是縣案首，在四月份府試時，也拿了案首。至於次年的院試，他那時已經病重常常昏迷，沒再聽家人提起，不曉得段明達是不是也奪了案首？

蘇荏與他一樣重生而來，她怎會忘記當年段明達連奪兩次案首？

如今這番問話就不是那麼簡單的關心詢問。

江未歇盯著蘇荏的眼睛，蘇荏微微垂眸躲開，令他更加堅信自己的猜測。

蘇荏對段家恨之入骨，怕是不願見段家再如前世一般風光。

她是想讓他拿下案首？

她與李郎中前來，是不是也與此原因有關？

江未歇的心中不禁有些失落，本以為他們是不放心他、為了他而來，原來她是為了段家而來。

沈默了一會兒，他自我開解：前世蘇家的一切遭遇都因為他江家而起，她沒有仇恨江家已經是寬宏大量，自己何須再奢求更多？

無論她為了什麼，至少她和李阿翁的確幫了他。
他自信能通過縣試，但是案首……他沒有太大信心。
段明達是有真才實學，否則不可能連拿下縣試、府試案首，可……
他看著小姑娘低垂的眉眼，心想：若是他能夠拿下案首，她一定很高興吧？
雖然那高興不是因為他取得的成績。
「我盡力吧！」他苦笑。「若是身子能撐得住，搏一搏也未可知呢！」
算是安慰對方，也算是鼓勵自己。
蘇荏抬頭看著他，笑了笑。
「我會請外翁好好幫你調理身子。」
「嗯！」江未歇頓了下，生硬地道了聲。「謝謝！」

第十四章

第一場考試結果在第三日便出來了。

蘇荏和江未晚去看榜，毫無懸念，江未歇的名字在榜單上，而段明達的名字與江未歇相鄰，讓蘇荏看著尤為扎眼。

「江未歇？江秀才家的那個病秧子？」

看榜的擁擠人群中忽然傳來一道輕蔑不屑的說話聲。

蘇荏和江未晚齊齊望過去。

竟然是曉豔，她身邊站著的人是段明通。

或許是察覺到有人盯著，兩人朝這邊看過來。

「荏妹子？妳怎麼來縣城裡了？」

曉豔笑著打招呼，想走過來，但人群太擁擠，於是她拉著段明通退了出去。

蘇荏牽著江未晚也退出人群。

曉豔看了眼蘇荏身邊的小姑娘，十二、三歲模樣，生得伶俐標緻，從沒有見過。

「這是妳家親戚？」

江末晚冷冷地瞪了一眼曉豔，語氣含怒。「我是江末歇的妹妹！」

曉豔面色一紅，尷尬地笑了一下，嘴上卻不依不饒。「聽說妳哥的身子還沒有好呢，怎麼還敢來考試，也不怕病趴了？」

「我哥身子好著呢！」江末晚很是不高興地懟回去。

曉豔要開口，段明通立即扯了下她的胳膊勸止，然後笑著道：「她是關心之意，怕妳哥身子弱，吃不消。」

江末晚冷冷瞪了他們一眼。

蘇荏面上也無半點笑意。

段明通不由自主將目光全落在蘇荏身上，想著去年三月南山河中將他撈起的身影，無論對方怎麼否認，無論別人怎麼說不可能，可他心中認定就是眼前的人兒。

他不知她為何不願意承認，每次對自己都很冷淡，即便是笑，看起來也那麼勉強假意，好似自己曾得罪過她一般，讓他捉摸不透。

曉豔注意到段明通的神情，心中惱恨。

自從段明通知道真相後，對她沒有之前的寵愛，去年她的孩子沒了，也是因為此事。

一想到此，她心中對蘇荏越是恨得緊。

若非蘇荏，她和段明通依舊如膠似漆，恩愛有加

曉豔忍著恨意，強裝笑臉，對蘇荏說：「妳怎麼和江家小妹在一起？妳不會是陪著江家那個病……江小郎來考試，照顧他的吧？」說話間，朝身邊的段明通瞥了眼，面含譏諷。

蘇荏全看在眼中，笑著回答：「江家相請，我隨外翁來給江小郎醫治。」

「明天可就第二場了，在考場裡一待又是一天，他撐得住嗎？妳可要仔細照顧。」

「他應該沒問題。」蘇荏依舊笑答。

曉豔準備再開口，忽然旁邊傳來段明達的聲音。「哥、嫂子。」

段明達朝這邊走來，身側還有幾個差不多年紀的少年，看打扮，應該是一起參加這次縣試的同窗。

瞧見蘇荏和江未晚，段明達對二人笑著點頭問好。

蘇荏禮貌地笑了下，瞧著他一雙乾淨的眸子，忽而生出了幾分愧疚。

前世，段明達對她不錯，也盡力想要維護她和她的孩子，對於她，他沒有做錯什麼，也沒有對不起她。

只因為他是段母的兒子、是段明通的弟弟，如今她就這麼希望他不能再奪案首，甚至還幻想過，若是他落榜了，段母會如何。

她也清楚，若非她插手介入，段明達不會落榜；可如今因為她，針對段家，而影響到他的仕途，她又多少有些於心不忍。

蘇荏心中滿是糾結和悵惘，所以沒有多留，拉著江未晚先告辭離開。

段明達看著遠去的纖細身影，腦海中有個影像一閃而過。

感覺很熟悉，仔細回憶卻尋不到任何資訊。

他發現，似乎每次見到那個人，腦海中都會有熟悉的感覺，卻說不出來具體原因。

第二場考試，天沒亮，江未歇已經吃了熱飯、喝了湯藥並收拾停當。

江秀才叮囑他，再次檢查用品是不是都已準備齊全。

蘇荏與江未晚共睡一床，在江未晚醒來的時候，她也已經清醒，這會兒披著棉衣站在窗口，看著院子裡夏三郎打著燈籠領三人出門。

江未歇汲取上次的教訓，裹了厚厚的棉衣並帶著一個小手爐，不僅能夠暖手，也可以暖水。

幾人出門後，蘇荏躺回床上，卻也睡不著。

天明後，她去幫江小桃準備一大家的早飯。

夏三郎回來了，匆匆吃了早飯，就開始忙著自家在城內小鋪子的生意。

江未歇此次應考就要一天，李長河並未去考場外守著，而是帶著蘇荏到城內的幾家藥鋪逛著，順便給蘇荏說一些行醫用藥之事。

晌午，兩人在街邊的一間麵攤，一人吃了一碗麵，隨後繼續在城內閒逛。

恭縣只是普通的小縣城，和繁華沾不上什麼邊，但是和三山鎮相比，城內的店鋪、攤位、挑夫等還是頗多。再加上這段時間是縣試，縣城內的人多了起來，各家生意也相對好上許多。

蘇荏看著街道兩邊的店鋪，和記憶中的一樣。

當年段明達考中秀才後，就到外地求學，段家卻搬來縣城住了一、兩年，她也算熟悉這裡。

李長河畢竟年近花甲，午後只逛了一小會兒，身體就有些吃不消。

蘇荏陪著外翁回夏家，剛進門竟瞧見江未歇坐在院子裡曬太陽，江未晚端了碗熱茶給他，江秀才在一旁給他講解詩文經史。

江未歇的氣色看上去只是稍顯疲倦，並沒有上次那般病懨懨的模樣。

「怎回來這般早？」蘇荏好奇地問，這會兒才剛剛午後。

江未晚上前拉著她坐下，笑著解釋。「可說試卷答完，檢查一遍並無疏漏，也不想在考場內耗時間，再把身子給耗出事來不值當，就早早出來了。」

「看來這一場答得不錯。」蘇荏笑著道。

李長河上前來給他檢查身子，除了因勞心勞力體虛了些，並無什麼大礙，眾人均放心。

接下來的一段時日，江未歇準備考試，江秀才陪著給他講解要義，江未晚照顧著起居飲食。

蘇荏沒別的事情就跟著李長河學醫。

前面幾場還算順利，雖然從考場出來的時候，江未歇依舊身子虛弱，好在沒有大礙，休息兩日也恢復得差不多。卻也明顯看得出他每應試一場，身子就差一分，只慶幸沒有發生第一場那種狀況，出來的時候至少還能夠自己站著。

但是反反覆覆如此，一連幾場考下來，江未歇還是有些吃力。

為了少消耗體力，前幾場他都是確定答卷沒大問題就交卷，是第一批放出來的考生。

但是，最後一場，江秀才和江未晚在考場外等了兩批考生，還不見他出來，心中有些焦急。

蘇荏坐在院子裡算著時辰，前幾場這個時辰人早已經回了，今日卻沒有動靜。

她出門朝巷口看了一眼，等了會兒，還不見人影。走到巷子外的街道上也瞧不見人，心中猜到他必然是沒撐住。

上一場出來的時候，他面色已經慘白、身體發虛，昨日還沒有恢復完全，今早天沒亮又出門，走的時候面色就不好，今日最後一場又是最難的，恐怕是出事了。

蘇荏擔憂地前往縣試的考場，找到了江秀才和江未晚。

考場又放了一批考生出來，有的唉聲嘆氣，有的昂首闊步、自信滿滿，但臉上都難掩疲憊之色，甚至有的考生剛出來就「哇」的一聲嘔吐出來。

蘇荏不放心江未歇，他的身子本就弱，肯定撐不住。

江秀才擔憂地來回踱步，眼睛卻一直盯著大門，望眼欲穿；江未晚也是踮著腳，尋找江未歇身影。

這一批考生慢慢都出來了，與各自來接的家人離去，還是不見江未歇。

「哥是不是出事了？」江未晚抓著她的手焦慮地問。

蘇荏輕輕拍著她的手安慰道：「不會的。」

她自己卻心慌得厲害。

恰時，她一個回頭，瞧見在斜後方也一臉焦急等待的段明通和曉豔。

兩人也看到了她，段明通正準備朝她這邊走來。

曉豔一把拉住他並指著大門道：「二郎出來了！」

蘇荏回頭望去，考場的大門內，段明達架著一個人走出來。

那個人，面色煞白，雙腿虛軟無力，艱難地邁著步子。

「哥！」

江未晚立即奔過去，和江秀才一同將人從段明達的肩上接了過來。

蘇荏走上前，看到他額上一層虛汗，雙手輕輕顫抖，雙唇毫無血色，雙眼迷糊，甚至有些神志不清。

江未晚驚愣地叫道：「哥，你的手怎麼這麼冰？」

江未歇微微抬頭，看到面前有些模糊的纖瘦人影，嘴角微微咧了咧，雙唇輕輕開合，喉嚨動了兩下，似乎在說什麼。

因聲音太輕，蘇荏沒有聽到。

「快送他回去吧！」蘇荏從旁邊幫忙的差役手中接過考籃，道了謝。

江秀才對段明達道了謝，然後架著江未歇返回，蘇荏也跟了上去。

段明達站在原地，盯著遠去的兩個瘦弱身影發愣。

剛剛在他架著江未歇出來的時候，他問江未歇。「身子這麼差，為何不養好身子再來考？」

江未歇聲音微弱地回答：「我等不起。」

他問：「等什麼？」

還不足十六歲，有何等不起？

江未歇答：「不知道。」

段明達只當他是病得重了、腦子糊塗，所以說話也都是沒頭沒腦的。

可剛剛看到江未歇對著蘇荏艱難一笑，聽到他輕如蚊蚋的聲音。「我答完了。」

段明達忽然明白了。

「明達，人都走遠不見了。」

段明通的話將他的神思拉了回來。

曉豔立即上前詢問他考得如何，為何架著江未歇出來。

段明達隨著他們一邊往回走，一邊給他們詳說。

江未歇回到夏三郎家後，已經不省人事，幸而這些天因為他病情反覆，一應的藥物都是備著。

李長河為他扎了幾針，又餵了些東西，仔細照料，慢慢才好了一些。

江未歇一直昏迷到第二天的晌午才醒來，依舊渾身無力，心慌頭暈，好在腦子是清醒的。

蘇荏端著湯藥進來，他接過湯碗，眉頭皺都不皺一下，一口氣喝個乾淨，讓她有些詫異。

江未歇虛弱一笑。「從小喝藥習慣了，都不覺得苦了。」

蘇荏將藥碗接過去，帶著幾分責怪地道：「你不是說考試若是撐不住就不撐著嗎？最後還是折騰半死出來，讓我外翁為你又辛苦一回。」

江未歇歉意笑了下。「下次不會了。」

「下次？你這次能過再說吧！」蘇荏端著藥碗起身出去。

江未歇聞言，心頭一陣冰寒。

對她來說，他此次考試的意義只是為了和段明達爭奪案首之名。最後一場如此出來，她覺得自己與案首無緣，甚至與上榜無緣，所以才如此冷淡。

「荏妹妹。」

在蘇荏跨出門檻的時候，江未歇忽然喚住了她。

「我昨日答完了試卷。」頓了頓，他又補充。「我是答到最後才犯了病的，應該能上榜。」

蘇荏被他說得一愣，這些寬慰的話他該說給江秀才聽，而他卻對她說，甚至還帶著幾分歉意的解釋，好似是她要求他必須考完、必須考上一樣。

雖然她心裡的確這麼想，可她從沒有流露出來過，他怎麼會有這種想法？愣了好一會兒，蘇荏才笑著道：「你身子太弱，好好休息吧！」

說完，她轉身出門。

江未歇鬆了口氣，心卻沈重幾分。

距離放榜還有幾天，江未歇一直在院子中養著，直到放榜之日，他的身子才好，但仍然虛弱畏寒。

已經快三月了，他還裹著厚厚的棉衣，圍得嚴實。

前幾場都是蘇荏和江未晚幫忙看榜，這次他想親自去看一看，所以吃完飯後，三人便一起出門。

江秀才和李長河叮囑著兩個丫頭要多照顧江未歇。

此時，榜牆前，裡三層、外三層全是黑壓壓的人頭。

江未歇的身子差，不敢往人堆裡擠，所以站在人群的最外圍，踮著腳想往榜牆上看，卻被人頭擋住，什麼也看不見。

蘇荏和江未晚準備擠進去看，卻被江未歇攔住。

「妳們兩個姑娘，別推擠傷了自己，左右這些人會慢慢散去，咱們待會兒看，反正上不上榜，名字也不會自己跑了。」

蘇荏見他這麼淡然，也不著急了，看到街道不遠處賣小吃的攤位還空著，建議先到那邊坐下等。

三個人剛轉身，忽然身後人群中有人高喊。「江未歇，誰是江未歇？得了縣案首！」

三人俱是一震，齊齊回頭望去，人群中聲音再次響起。

「江未歇得了案首！」

江未歇一瞬間竟有些恍惚。

蘇荏愣愣地朝遠處被人群遮擋住的榜牆方向望去。

「你聽說過江未歇這人嗎？」

身邊經過的幾個書生相互議論。

「沒聽說，哪裡來的？怎麼就忽然得案首了？」

「就是，我以為會是段二郎呢，先生屢屢誇讚他的才學，沒想到還屈居第二。」

「對呀！走，去找段二郎，問問其他同學考得如何。」

「我還是去打聽打聽這個縣案首是哪一號人物吧，怎麼就突然冒出來了。」

幾個書生走過去後，江未晚忍不住大笑起來，抱著江未歇的手臂激動地叫道：

「哥，聽見沒有？案首，你得了第一！」

然後，江未晚放開了兄長，就朝榜牆前擠，想要親眼看看。

江未歇回過神來，第一眼卻是看向身邊的蘇荏。

她如釋重負地笑了。

那一刻，他發覺相識這麼久以來，她只有這一笑最真實、最好看。

第十五章

一家小酒館中，段明達坐在二樓臨窗的位置，看著榜牆前擁擠的人群和人群外的那三個身影。

旁邊幾個上榜的同窗相互恭賀慶祝，並與走上來的其他同窗說話，笑聲一片。

段明達無心參與，也高興不起來。

當看到榜單的那一瞬，他的心就沈入潭底。

江未歇的名字赫然寫在他的前面，排在第一位。

這些年，他一直都作為榜樣，先生誇讚，同窗羨慕。幾年前祖父去世，他守孝不能參加考試，說不定他早幾年參加童生試，早已取得秀才的身分。

現在多了幾年時間夯實基礎，更確保萬無一失。身邊的人都對他寄予厚望，甚至在考試前，恩師私下還對他說，縣試於他如探囊取物，若是仔細些，拿下案首也未可知。

他對自己的要求，也是要拿下縣案首，接連五場考試，他每一場都自信滿滿，前四場發案的時候，他的座號和另一個座號打平，每人都各拿下兩個第一，他也早知那個座號就是江未歇。

最後一場，他注意到與自己座號相對的江未歇未答完卷，身體已經撐不住。他本可以早早交卷出場，卻還是等著江未歇，想看他的狀況。

因為能夠與他爭奪今年縣案首的，目前看來只有江未歇一人。

看著江未歇最後勉強撐著身子答完卷，腦子有些糊塗、神志不清，整個人都快不行。段明達猜想他最後一場必然考得極差，對自己更加充滿信心。

在他心裡，這案首已經是囊中之物，卻不想最後還是出了意外，而這意外恰恰就是江未歇——一個從小體弱多病、一年有半載在養病的江家小郎，一個帶病赴考、最後幾乎昏厥在考場的病人。

若案首是別人，他尚且沒有這般失落，最後他卻輸給一個沒進過幾天書院或私塾的病秧子。

雞鳴起，人定睡，勤勤懇懇這麼多年，竟然這麼輸了？

想到幾日前，他還架著江未歇從考場出來，那時候江未歇已經病得快昏過去。此刻這一切似乎都是對他的一種極大諷刺。

「段二郎，你發什麼呆？怎麼不開心的樣子？」一個同窗坐到面前逗他。

段明達勉強地扯了扯嘴角。

另一旁，一個微胖的少年道：「就差一個名次和案首失之交臂，是誰都覺得可惜。」

「對了，那江未歇什麼人？哪個學院或私塾的？」另一個大眼睛的少年好奇問。

「沒聽過這號人，怎麼忽然就蹦出來了？」

段明達再次朝窗外看去，原本街上的三個人已經沒了身影。

「號子去打聽了，他消息最靈通，待會兒肯定就打聽回來。」一個少年道。

段明達苦笑。「我認識他。」

眾人驚異，齊聲問：「你認識？」

段明達點點頭。

「他與我是同鄉鎮，距我家也不遠。」

少年們更是驚愕。

「怎麼沒聽你提過，在哪兒讀書的？我們可曾見過？」

「他……」段明達猶豫了一下，心中還是有些嫉妒，聲音低了幾分。「他從小病弱，跟著自家阿翁讀書。」

「該不會是那日，你從考場架著出來的那個病秧子吧？」少年眼睛瞪得圓圓，一副不可置信的樣子。

其他的同窗齊齊地看向段明達，等待答案。

段明達猶豫了好一會兒，才鄭重地點了點頭，少年們一片唏噓。

當日瞧見那個考生的模樣，他們都很吃驚。

都那個樣子了，還不早早離場，竟然堅持到最後？若是真的鬧出個大病來，四月份的府試也參加不了，真不值當。

誰也沒想到，就那麼個快半死的人，竟然是今年縣試案首！

「人在哪兒呢？我得去會會他，他那樣還能得案首，可別是作假的吧？」微胖少年轉身就朝樓下跑去。

另一位少年叫住他，也跟了過去。

江未歇悄悄去看了榜，也悄悄回了夏家。

路上遇到幾個同場考試的考生認出他，上前恭賀攀談，但他藉口身子不舒服，打過招呼就匆匆離開。

他們也瞧出他裹得嚴實、臉色蒼白，最後一場幾乎暈了過去，知道他並非是恃才傲物，也不硬拉著他說話。

回到夏家，將這個好消息告訴江秀才、夏家人以及李郎中，眾人皆驚喜。

江秀才激動到眼眶微濕，抓著江未歇的手半晌說不出話。

他知道孫兒聰穎，但這麼多年也著實因病耽擱讀書，他沒盼他能得什麼好名次。前四場兩次得了頭名，他雖然心裡高興，也沒表現出來給他壓力，依舊對他說，能堅持就堅持，堅持不住棄考也無關緊要。他相信只要孫兒養好身子，童生試拿下來，完全不在話下。

他怎麼也沒想到孫兒竟然拿下案首，也不辜負他這麼些天病情反覆的煎熬之苦。

江小桃在旁邊呵呵地笑道：「今兒個是大喜日子，我去買些菜，今天多燒幾道好菜，好好慶祝。」說完一邊誇讚江未歇，一邊丟下手中在洗的衣服，就去屋裡拿錢，提籃子出門。

江未晚歡喜地跑過去幫江小桃拎籃子，一起出門。

夏母從屋裡出來，高興得合不攏嘴。「我們夏家也沾光了，說不定以後我家娃兒也是讀書的料呢！」

江小桃和江未晚買菜回來後，院子裡的人都忙活起來，就連聽到這個消息的夏三郎也早早收攤回來慶祝。

幾人圍著一張八仙桌，吃吃喝喝好不熱鬧，完全不顧現在外面的人在怎麼評論尋找江未歇。

吃完午飯，陽光溫暖，院子裡的人都圍坐在小桌邊喝茶聊天。

江未歇放鬆了下來，聽阿翁和他說接下來府試的注意事項。
對於常人來說，縣試拿了案首，府試和來年的院試也都不會有什麼大問題，取得秀才功名是板上釘釘的事。
可對於體弱多病的江未歇來說卻不然。
若是考場環節出了意外，他就和秀才無緣，只能來年再考。
李長河也建議他應好好養身，並讓他接下來一、兩個月天暖和了，適當地鍛鍊身子。他想恢復如常人，光靠藥補是不夠的，鍛鍊必不可少，甚至還現場教了他一套簡單的拳法，有助身體康復。
不多會兒，江小桃詢問他還想吃什麼，江未晚等人也說這、說那。
唯獨蘇荏一直沒有開口，只是坐在一旁靜靜地翻看醫書，偶爾會抬頭朝他這邊看一眼，似乎對於他接下來的一切都不關心。
江未歇正準備走過去與她說話，外頭卻傳來敲門聲。
來者身穿差役的服飾，遞了張帖子，說是知縣設宴招待今年縣試取中的考生。
江未歇接過帖子看了一眼，今日的晚宴設在縣衙內。
他知鹿鳴宴、瓊林宴，從沒聽說縣試還有宴會，便回頭看了眼江秀才。
江秀才笑著解釋。「這個一般是端看每任知縣的態度，有的知縣惜才，想看看本地的人文才子，就會特地舉辦一場，有的知縣則不在意這些。咱們知縣去年剛上任，看來頗為重視這方面。既然知縣命人送來的，不能不去。」

江未歇猶豫了下點點頭。

李長河道：「晚上還是挺冷的，你可多穿點衣服。」

「那個小手爐帶上吧！」江未晚補充道。

江秀才也叮囑他夜宴上應注意些什麼。

蘇荏一直未開口，直到他出門準備去赴宴，送他到門口才叮嚀。「宴上必然有酒，最好不要飲酒。」

江未歇看著她露出關切的目光，心中忽然一暖，似乎春夜的寒風都不那麼冷了。

「嗯！」他認真地點了點頭。

宴會除了知縣秦逢春，還有縣丞丁卯，以及主簿等人，其他參加者都是此次縣試取中的人，有十一、二歲的小少年，也有二、三十歲的青年、中年，甚至有一位年近半百的老人家，然而最多的還是十幾歲的少年人。

宴會開始前，眾人都打了照面，對於今年的縣案首也都認識了一下。然而當一發現今年的縣案首竟然是個病秧子，有些人發出了質疑，特別是那些年紀大的。

江未歇和段明達正列於左右、相對而坐，將對方打量仔細。

在段明達看來，面前少年和那日被他架出考場的少年並無什麼區別，面色慘白、削瘦入骨，一副大病初癒的模樣，似乎一陣風就能吹倒。

苦讀十年，就是因一個名次輸給了他。

段明達的心中隱隱含著幾分不服氣、不甘心，也暗暗下了決心，府試的時候一定要扳倒對方，因此看著對方的眼神都不由得帶著不移的堅定。

江末歇卻是目光柔和地看著對面的段明達。他知道他書讀得透澈、基礎紮實，是真正靠著十年寒窗苦讀而來，而自己則勝在過人的記憶力。

他更知道四月份，對方會拿下府試案首，自己能不能再次贏他卻是個未知。

他想，茌妹妹定然是希望自己能奪走府試案首的吧？

前世，從母親那裡聽聞，段家唯一對蘇茌不錯的人便是段明達，他讀書明理，分得清是非，想必也是覺得自己母親和兄長對蘇茌很過分，可他卻無能為力。

蘇茌恨段家，多少對他應該也是帶著恨意吧？

她那麼好的姑娘，本可以像之前一樣無憂無慮，像其他的姑娘一樣每天笑容燦爛，如今卻因為前世的仇恨，每日都沈著一張臉，眼睛幽深得望不見盡頭，永遠裝著心事。

他每次瞧見都不由得心疼。

他真的想看到她由衷的笑，就似今早街道上那個笑臉一樣。

府試，他還要與段明達再爭一回！

宴會上，知縣對今年的案首以及取中者一番誇讚。

眾人推杯換盞間，有人已經帶著幾分醉意。

江未歇藉口病症在身，將能推的酒盞都推了，卻還是有推不掉的，不得不飲了兩盅。

他以前從未沾過酒，猛然喝了兩口，喉嚨到胃裡都好似火燒一樣，咳嗽了一陣，眼淚都流了出來，臉頰也燙得厲害，倒是讓身邊的考生意外。

他們這麼大的少年，即便是家裡長輩管得嚴、不讓沾酒，他們還是會在外偷偷喝上幾杯，哪會這般被兩盅酒就嗆得喘不過氣來，跟個小姑娘似的。

但是知縣大人在座，他們也都不好再勉強。

幾位年長的考生，不在吃喝方面刁難，卻在詩詞文章上面動了心思，也是想試試探探這個案首到底是不是胸有文墨。

江未歇微醺，好在腦子還清醒，一一應對，引經據典對答如流，詩詞文章可圈可點，不僅讓出題刁難之人心服，也讓其他考生看出這個病弱不堪的案首是有真才實學。

坐在對面的段明達雖然心中仍有不服，卻也敬佩。

宴會結束，江未歇走路有些不穩，段明達攙扶他出門，此時夏三郎已經在外等著。回到夏家，夜已深了，蘇荏躺在床榻上並未入睡，察覺外面有動靜，她便披衣起身，透過窗戶看到江未歇被攙扶進門，江未晚去照顧。

蘇荏眉頭皺了下，回到床邊躺下。

也許是疲累，也或許是昨夜喝酒的緣故，第二天日上三竿，江未歇才醒來，身體也好了許多。

這一日休養後，江秀才也幫他將考後的一應事情都處理完，不便再多打擾夏家，準備明早就回村。

夏三郎一家人慰留他們再多住幾日。

江小桃道：「未歇自從來了縣城，不是考試就是帶病在院子裡待著，也沒有去城內逛過。既然來了一趟縣城又考得這麼好，就玩幾日再回去，家裡的喜訊我也讓人給通報了。」

夏母也盡力挽留。

江秀才心想，孫兒的確很少出門，更沒有來過縣城，讓他看看也好。於是對夏母等人道了謝。

李長河和蘇荏也被留下多住兩日。

第十六章

次日，陽光和煦，李長河和江秀才兩個年近花甲的老人難得如此清閒，也學著縣城裡的老人家到茶館裡喝茶，聽人說書、唱曲兒。

江小桃嫁到縣城好幾年，對大街小巷的吃喝玩樂也摸得透，遂帶著蘇荏三個小的到城裡頭逛逛。

其實，恭縣沒出過什麼世家望族，也沒有什麼稀罕的風景聖地，引不來天下文人騷客題詩刻碑，城內最為人稱道的就是水上街市。

水上街市在城中偏南，那裡百年前還是一個天然湖泊，引入護城河的水，北進南出，湖邊種滿了柳樹、桃樹。

每當春日柳綠花開，粉綠相間，宛如仙境，因而此湖被稱為仙湖。

後來有大戶人家臨湖修了宅院，慢慢地其他有錢人家也看中湖邊的風光和風水，逐漸修起了府宅或者園子，湖岸邊亭台樓閣、水榭廊坊漸漸多了，連成一片。

後來衙門在湖中還修了一條寬闊的長堤和水上廊橋、石台，以供百姓賞玩。

周圍居住的人多了，建築多了，賞景遊玩的人也多了，就有人在這裡做起生意，慢慢地搭起棚戶、蓋起屋舍店面，又吸引更多人朝這邊來，逐漸形成水上街市，成為人們遊玩宴飲、休閒娛樂的最佳去處。

現在正是春季，景色最美的時節，又值縣試剛放榜，遊湖賞景逛街的人尤為多。

仙湖北面沿岸有一條街，此時擠滿了人，街道兩邊商鋪內的夥計吆喝聲此起彼落，街上充滿各種飯菜的香味。

寬闊的長堤上更是擠滿了人，兩側的商鋪內進進出出的客人絡繹不絕，湖中的遊船也坐滿賞景的人。

夏三郎在湖岸邊擺攤，江小桃帶著他們轉了一會兒，便去幫夏三郎，讓他們三人自己閒逛。

三人朝長堤走去，對於鮮少出門的江未歇來說，街上賣的那些吃喝玩樂都很新奇，他卻只是好奇地看著，並沒有表現出多麼激動和興奮。

倒是江未晚左看右看、問東問西。

逛了好一陣子，蘇荏瞧見身側的江未歇頭上一層薄汗，有些氣喘，步子沈重。

此時也接近晌午，逛了這麼久對他體力消耗太大，於是他們就近找了家飯館進去歇腳吃飯。

出門的時候，江秀才和李長河分別給了他們一些零錢，吃頓飯不成問題。

由於一樓已滿座，夥計領著他們上了二樓，在最裡面的拐角處還有一張空桌。桌後有一扇小窗，正對著仙湖，可以將湖中和湖岸的景色盡收眼底。

江未歇坐在蘇荏對面，正對著她身後的小窗，窗外的水天湖岸一覽無遺，只是湖風迎面吹來讓他有些不舒服，忍不住咳嗽兩聲。

蘇荏轉身將小窗關上。「別吹風而生出病來了。」

夥計詢問他們要吃些什麼，江未晚便詢問他推薦什麼好吃的。

夥計說了七、八樣，江未晚看了看另外兩人，他們各說了一道菜。

江未晚想了想道：「那我要烏皮燉雞，也給哥好好補一補。」

夥計記下幾道菜剛要走，蘇荏忙喚住，並對江氏兄妹道：「烏皮雞好，但不適宜體弱虛寒之人。」

江未晚有些可惜地癟了癟嘴。「蘇姊姊，妳再另點一樣菜吧。」

「換成最簡單的五香雞湯吧！」

夥計離開後，江未晚抓著蘇荏的手，笑道：「蘇姊姊，幸好有妳在，否則我好心要辦壞事了。」

她側頭看了一眼身邊的哥哥。「若是蘇姊姊能夠一直在我哥身邊照顧，我哥的身子肯定很快就恢復如常人了。」

蘇荏和江未歇聞言，相互看了一眼。

江未歇低聲教訓地道：「別亂說話。」

江未晚噘了下嘴，輕聲嘀咕一句，說什麼蘇荏沒聽清。

但江未歇聽得清晰，歉意地對蘇荏道：「冒犯了，小妹年幼無知。」

蘇荏微微笑了一下。「我不會放心上。」

見她冷淡的態度，江未歇頓時竟有些許失望。

不一會兒飯菜都上齊了，三人正準備要吃，就聽到樓下有幾人發生爭吵，且越吵越凶。

嘈雜的聲音中，模糊聽見有人在指責飯館的飯菜有毒。

樓上的食客都好奇地伸頭往下看。

忽然有人叫了聲。「這是要毒死人了呀！」

三人心中一緊，看著面前的飯菜，沒敢動筷子，而是相繼起身走到樓梯口看情況。

樓下一片混亂中，一名青年男子蜷縮在地，雙手捂著肚子渾身抽搐不止。

旁邊的同伴哇哇大叫向店裡的人求救，另一個同伴和店裡的掌櫃、夥計起爭執。其他的食客，有的一臉懵然，有的跟著指責店家。

蘇荏見此，急忙地衝下樓去，撥開人群察看中毒的青年。

青年的同伴驚慌失措，見到有人肯上前幫忙，立即求道：「姑娘，妳一定要救救我弟，一定不能讓他出事，求求妳，一定要救救他……」

周圍的人見一個小姑娘湊上前，均是詫異。

這麼小的丫頭懂什麼？頭腦發熱往上湊，若是出了人命算誰的？真是膽大！

蘇荏不在意眾人目光，快速察看情況後，用力地揉壓青年身前、手腕、腳底的幾個穴位。

須臾，已經失去意識的青年「哇」的一聲嘔吐出來。

繼續揉壓，青年又連吐幾口，幾乎將吃下的東西都吐了乾淨。

青年此時全身冷汗，臉紅脖子粗，但抽搐稍稍好了些。

「烏皮湯，後廚有烏皮湯，快盛一碗來。」蘇荏急忙地對一側發呆的夥計催促。

夥計一震，顧不上問清對方是何身分，立即朝後廚奔去。

一碗濃濃的烏皮湯灌下去，青年身子才慢慢停止抽搐，但稍稍碰一下依舊會神經性抽一下。

青年的兄長和同伴感激涕零地道謝。

蘇荏不由分說吩咐道：「他中毒太深，我只暫時救下他，他還很危險，快別耽擱時間，立即送去醫館！」

聞言，青年的兄長和同伴立即上前，匆忙地攙扶青年出門。

掌櫃讓一個夥計跟過去，又吩咐其他夥計打掃髒污的地面，並對其他的食客賠禮道歉。

食客們卻是不願罷休，和掌櫃鬧了起來。「你這飯菜有毒，我剛剛吃了你們飯菜，若是回家有個好歹怎麼辦？」

掌櫃不斷解釋自己的飯館是幾十年的老店，飯菜肯定沒問題，一定會查清楚到底是怎麼回事，給大家一個交代。

但食客根本不聽，不依不饒地和他鬧，一定要他給個滿意的交代。

掌櫃最後求助地走向蘇荏，請她幫忙向其他的食客解釋。

其他食客也齊齊看向她。

掌櫃走到她跟前哀求。「姑娘，妳剛剛給那人醫治，妳肯定是學醫懂藥的人，剛剛那張桌子的飯菜都在這兒呢，妳快給看看。我這飯菜不可能有問題，我幾十年的老店，不可能砸自己的招牌。」

蘇荏看著掌櫃所指的那張桌子，剛剛她已經檢查過了，那些飯菜的確沒有問題。至於那人為何會出現中毒的癥狀，她還真的解釋不清。

掌櫃連連哀求，她只能為難地實話實說。「那些飯菜是沒問題的，但是為何那人中毒……應該有其他原因吧！」

「什麼原因？」食客們紛紛追問她。

「這我就不知了。」

「妳不知就別亂說！說不定就是飯菜的問題！」

食客又和掌櫃鬧了起來，甚至有人指責蘇荏是有心幫著掌櫃說話，事後討要好處。

站在樓上的江未歇心中著急，氣惱這些人不分善惡、不講道理，正準備衝下去幫蘇荏，卻聽到身旁傳來一道高亢宏亮的聲音。

「我知道問題在哪兒！」

爭吵的聲音慢慢弱了下來，眾人紛紛朝說話的人望去。

一位二十多歲的年輕人，一身錦緞華服，背手而立，身姿挺拔，面帶微笑地看著樓下眾人。

「譚公子？」掌櫃見到此人，好似看到救命稻草，立即奔向對方請求幫助。

蘇荏抬頭看向高處的年輕公子，見他濃眉大眼，笑起來還有兩個深深的酒窩，自帶幾分喜感。

譚公子也朝她看來，幾分挑釁地對她挑了挑眉頭。

蘇荏擰眉苦笑。

眾人立即催促。「快說，問題在哪兒？」

譚公子微微伸了伸脖子，咳嗽兩聲。「問題在那個人自己的身上。」

一語讓眾人犯糊塗，有人嚷道：「譚公子，你可要拿出證據來！」

「自然。」他從容不迫地道。「那中毒之人本就患病在身，在來這兒吃飯之前喝了治病湯藥，在這裡又喝酒吃了蝦螺，所以藥物與食物相剋引起中毒。」

眾人面面相覷，然後紛紛朝青年剛剛坐的桌子望去，上面的確是有一壺清酒、一盤蝦、一盤螺，已經吃得差不多，只剩下盤底一點。

一人還是發出疑問：「你怎知他喝了湯藥？」

譚公子呵呵冷笑。「我是什麼身分，幹什麼的？你還問這話？」

那人愣了下，心中了然。

恭縣城內沒有幾人不知道譚公子，就算不知道，也知道譚家，祖輩都是行醫的，譚家大老爺還是宮裡頭的太醫。

如今恭縣城裡的兩大家藥鋪、醫館都是譚家所開，城裡人但凡有個病痛，都是去富康醫館，又怎麼會不知道譚公子是幹什麼的？

譚公子是譚家四郎，名叫譚椿，他前面的三位兄長皆隨譚太醫入京，只有他留在恭縣，所以人們說的譚公子也就特指譚家四郎。他在譚家年輕一輩中醫術不算拔尖，卻也是能坐堂問診的大夫。
想必剛剛那青年就是譚公子接診過的病人。眾人明白過來，剛剛氣勢洶洶要找掌櫃理論的勢頭也消了下去，態度變得溫和。
事情雖然弄明白了，客人吃飯的心情卻被攪亂了，掌櫃倒是會做生意，道了歉後，給在座的所有食客都免去了幾成的酒菜錢。
食客們心裡頭舒服多了，與掌櫃、夥計說話也和顏悅色，回到桌前繼續說笑用餐，剛剛驚險的事件似乎沒發生過一般。
蘇荏在走回到二樓樓梯口時，譚椿擋在面前，居高臨下地看著她，一臉得意。
蘇荏真不知道他緣何高興得意，也從未想要和他爭搶他風頭，只是人命關天之際，自己先出手救人罷了。
她錯開一步，從對方身側與欄杆之間的狹窄縫隙處擠上樓。
江未歇慢慢放鬆了緊張的情緒，對她笑了笑。
江未晚瞪了一眼無禮的譚椿，拉著蘇荏回到桌邊。
三人剛坐定，譚椿跟了過來，在空著的一邊坐下，雙手交叉壓在桌沿，打量了眼飯菜，又掃了眼他們三人。
「你要幹什麼？」江未晚忍不住開口質問。

譚椿笑了笑，對著蘇荏說：「沒瞧出來妳年紀不大、膽子挺大，也有點本事，學醫多久了？」

也不經三人同意，他很不客氣地從竹筒裡抽出一雙筷子，挾菜就吃。

三人均是詫異，都說他這樣有錢人家的公子知書達禮，怎會這般無禮？一句客氣話不說，坐下來就吃，還一副理所當然的模樣，竟不如他們村上那些大字不識一個的粗糙莊稼漢。

蘇荏冷淡地回了句。「不足一年。」

呃……嗯……

譚椿被一塊肉噎著，拍了好幾下自己的胸口不頂用，抓過桌上的茶壺灌了一大口才慢慢嚥了下去，卻已被憋得面紅耳赤，大喘了好一會兒又灌了幾口茶水才緩過來。

「要死了、要死了。」譚椿順了順自己的胸口，又對蘇荏問道：「妳真的學醫不到一年？」

蘇荏有些嫌惡地看著他。「是！」

譚椿忽然笑了起來，露出兩個深深的酒窩，很是討喜。

「不到一年竟然懂這麼多，是塊學醫的料，拜哪位師父？」

蘇荏不想對陌生人透露更多，何況還是一個如此無禮輕浮的年輕人。她今日本就是出來散心的，可不想看到這個人給自己添堵。
恰時，樓梯口出現一位姑娘，在人群中掃了眼，然後滿臉怒氣地朝這邊走來。
蘇荏給譚椿遞了個眼神。「譚公子，那姑娘是不是來找你的？」
譚椿疑惑地回頭，見到來人，驚得神色一變，跳起腳就朝另一個方向跑，一邊跑，還一邊對蘇荏道：「有空到富康醫館喝茶啊！」
那姑娘朝蘇荏看了眼，氣恨一跺腳，朝譚椿追去。
江未晚狠狠白了譚椿一眼。「誰要去醫館喝茶？真不吉利！」
三人也不再談譚椿，吃過飯休息片刻，江未歇的臉色也緩了許多，他們沒敢多逛，打算返家。
此時長堤上的人潮絲毫沒有減少，甚至比他們來時更多。
在他們剛踏上湖岸時，忽然從一旁竄出來一人擋在面前。
這人濃眉大眼，有深深的酒窩，笑起來像個大孩子。
「怎麼又是你？」
江未晚嘀咕著，拉著蘇荏朝一邊躲開，譚椿卻跟了過去。
蘇荏有些不耐煩，冷聲問：「譚公子這是要幹什麼？」
譚椿嘿嘿笑了兩聲。「我還沒有問妳叫什麼呢？妳也沒回答我師從何人。」

「萍水相逢，我為何相告？」聲音已含怒氣。

「那也算相識一場，總該知道姓名吧？」他說得理直氣壯。

蘇荏沒有理會他，若無其人地繼續朝前走。

譚椿落後幾步，忽然提高聲音。「妳身邊那個小兄弟可有累年之疾？氣虛血虧、畏寒易咳？」

三人聞聲，俱是止住步子，回頭看他。

譚椿得意地快步上前，還一副討好的模樣。

「不如到我家醫館，好好給你瞧瞧。」

突如其來的邀請讓三人備感意外，這人行為真是不按常理來。

「猶豫什麼？難道你不想痊癒？」

江未歇自然期盼能夠早日康復，可以有更多的精力去做想做的事，不再連累身邊的人。可他的病一直都是由李郎中醫治，身子日漸好起來，再說，這次的縣試，李郎中和蘇荏全程照顧他，若是現在當著蘇荏的面另求他人，蘇荏會不會多心？認為自己不信任她和李郎中。

江未歇有些擔憂地看向蘇荏。

譚椿看出了端倪，朝蘇荏問：「妳不想他病好？」

真是會給別人扣罪名！

蘇荏的臉立即垮了下來，冷聲反問：「你為何無緣無故主動幫忙？」

「呵！那在飯館時妳為何救那個中毒之人？」

她明白他的意思，醫者救人是出自本心，但還是不禁問：「你有更好的辦法？」

「至少也要讓我檢查過他的身體，了解病人的具體情況後才能給妳答覆吧？妳現在問，我若立即回答妳，也太不負責了。」

她看向江未歇，畢竟身體有病的人是他，卻對上江未歇一雙充滿愁緒的眸子。

和江未歇認識了這麼久，似乎他很多時候都是這樣。

她看不透他的心思，似乎他心中永遠都有排解不掉的憂愁，即便是身子日漸好了，即便是拿下人人羨慕的縣案首，即便是得到其他讀書人和知縣的誇讚，都抹不掉那種憂愁。

甚至有時候做事也讓人猜不透，就好比這次縣試，所有人都反對他參加，可是他卻仍然固執前往，最後將已好了大半的身子又折騰成這副模樣。

說他不惜命，他似乎又把自己的身體看得尤為重要。藥按時吃，叮囑他注意的事情他都一一遵從，就連以前最喜歡吃的小零食也都戒了口，外翁教他一套強身健體的拳法他也一絲不苟地學，每日認認真真練習。

她隱隱覺得他心中有什麼在驅使著他，讓他一刻都不敢停歇地朝前奔跑，哪怕是筋疲力竭，哪怕是摔倒了，只要還爬得起來，就不止步。

她忽而生出了幾分憐惜，也有幾分想要探個究竟的心思。

江末歇從蘇荏的目光中看到幾絲疑惑和苦思，他並不知她此刻所想，誤以為她不樂意，欠身對譚椿道：「多謝譚公子好意，不必了！」

「為何？」譚椿被拒絕得有些懵。

還有病人不願治病的？

「自有良醫救治，不麻煩譚公子了。」

蘇荏明白他的顧忌，勸道：「譚家累世行醫，對醫術研究頗深，或許有更好、更快的法子，而且你四月份還要去敏州參加府試，不妨去看一看。」

江未晚也立即規勸。

譚椿嘿嘿一笑。「多謝姑娘誇讚了。」轉而對江末歇道：「原來小兄弟今次取中縣試，先道喜了。距離府試還有一個多月，而且敏州可是有些路程，考場條件比縣試苛刻，就你現在的身子，怕是不行。」

江末歇猶豫了下，謝過譚椿。

第十七章

譚家的富康醫館距離水上街市不算太遠，步行兩刻便到了。

此時醫館進進出出的人，不是來診治的患者，就是來抓藥的，絡繹不絕。

四人剛到門前，一個在門前接待病人的夥計眉頭一皺，大跨步走到譚椿面前，朝蘇茬三人打量一眼後，拉過譚椿，壓低聲音緊張兮兮地道：「四少爺，你又跑哪兒去了？剛剛老爺在找你呢！」

「什麼事？」

譚椿伸著脖子朝裡看了一眼。

「表姑娘在老爺面前告你狀了。」

「這有什麼稀奇的？她哪天不在我爹面前告狀。」

譚椿一副無所謂的態度，引著蘇茬三人進門。

「這次不一樣。」夥計緊跟一步湊近他耳邊低語。「表姑娘告你調戲良家女子。」

「鬼扯！」

譚椿猛然吼了句，驚得醫館內的人都齊齊朝他看來。

注意到自己太激動，他立即歉意地朝眾人笑了笑，扭頭問夥計。「我爹信了？」夥計一個「嗯」的字音還沒落，右側屏風後傳來一個蒼老而有力的聲音。「四郎，進來！」

譚椿愣然，愣了一瞬，回頭瞥見江未歇，上去一把抓著他的手臂就朝屏風後扯。江未歇被突如其來的動作帶得踉蹌兩步，差點栽倒。

蘇荏和江未晚也立即跟了過去。

右側屏風後坐著一位年近花甲的老人，面相慈和，正將手中一張藥方交給身邊的夥計。

抬頭瞧見兒子拉著一位少年進來，身後還跟著兩個小姑娘，老人愣了下。再細看被拉著的少年，十五、六歲模樣，雖然裹著厚厚的衣服，還是難掩清瘦的身材，面容蒼白無半點氣色，微喘，眉頭因為不舒服輕輕皺起。

「爹，這位是兒子剛結交的朋友，他從小病弱，你快給他診治診治。」

說話間，已將江未歇推到譚大夫左側接診桌前。

譚大夫瞥了眼兒子後，將注意力轉到身側少年身上，望聞問切了一番後，問道：「你如今吃的是什麼藥，可有藥方？我需要先看一看。」

「未帶在身上。」

譚大夫「嗯」了聲，略有幾分可惜之意。

蘇荏上前一步道：「藥方我記得。」

她一口氣將最近江未歇吃的藥方一字不差地背了下來。

江未歇訝然看她，藥方都是李郎中開的，開完後都直接交給夏三郎或小妹去抓藥，他連藥方都沒瞧見過，沒承想蘇荏竟然一一都記了下來。

譚大夫也詫異地看著對面站著的小姑娘，不過十四、五歲，一臉從容淡然，但目光灼灼。這張藥方並不簡單，二十來味藥材，幾兩幾錢竟然都記得這般清楚。就算是他自己琢磨開出的藥方，過了幾日後，也不見得能夠一字不差複誦出來。

譚椿見父親對小姑娘似有幾分讚許，立即笑嘻嘻地介紹。「她也是兒子剛結交的朋友，學過近一年的醫術，今日在水上街市的飯館中還救了一人性命，後來被人質疑遇到了點麻煩，兒子幫忙給解決……」

表妹告狀說他調戲良家女子，今日他出門遇到的女子，也就只有面前的兩位小姑娘，表妹所指肯定是她們。

他自己懶散貪玩、不喜待在醫館，父親可以容忍，但肯定不會允許自己做出無德之事。這正是一個解釋的最好機會，他一股腦兒把相識過程以及帶著他們來醫館的原因都說了一遍。

譚大夫瞥了他一眼沒說話，而是細細打量站在面前的小姑娘，笑著點了點頭。

「這是何人開的方子？」

蘇荏愣了下，看向江未歇一眼，帶著幾分緊張小心試探。「可是有什麼不妥？」

「那倒不是，藥方對症下藥，恰到好處，老夫就只隨口一問。」

「是我外翁開的方子。譚大夫，你可有更好、更快的醫治法子？」

譚大夫又是詫異地看著她，她目光充滿了真摯和期盼。

雖說行醫之人重視醫道，但是同行之間免不了相輕，想一較高下、想爭個名聲，這種事情他遇到的也不少。

這小姑娘的外翁是學醫之人，更是給少年醫治的大夫，並且少年身子日見成效，這個時候還能夠放低姿態求教，的確不易。

譚大夫微微一笑，道：「我倒是有一些想法，姑娘可以說給妳外翁聽一聽，一直以來都是他在給這位少年調理，老夫的想法行不行得通，還需要他來把關。」

「譚大夫請講。」蘇荏有幾分激動。

江未歇對於自家外翁來說，終究與其他的病人不同，若是能夠及早醫治好江未歇，外翁也能放下一些心事，江未歇也會少受些苦痛，最起碼更容易應付眼前的府試。

府試在敏州府，外翁不可能再跟過去幫他調理身子，就算外翁願意，爹娘也不會同意而極力勸阻，畢竟外翁的年歲大了，禁不起這種奔波勞頓。依著江未歇現在的身子，沒有大夫肯定不行。

譚大夫給她一些想法，但是，她現在對醫術只略懂皮毛，譚大夫說的是不是奏效也沒有個判斷，只能全都一一記下。

譚椿將他們送出醫館，本想藉機溜走，夥計立即傳話要他進去，父親有話要說，他也只能無奈折返。

三人回到夏家，天色已經不早。

蘇荏將今日發生的事情說給外翁聽，特別是譚大夫所言，她幾乎一字不差地轉述。李長河沈吟了半晌，面上露出笑意。

「是個好法子。」一說著，他拿起紙筆寫了一張方子遞給蘇荏。

抓了藥回來後，立即煎好，當晚江未歇就喝下了。

次日，江未歇因為前一天有些累，明日又要回村，因而並未外出，留在夏家休養。

蘇荏陪著李長河去富康醫館。

醫館前一如昨日，進出抓藥的人不斷，兩人剛進門，正在櫃檯邊的譚四郎就瞧見他們，滿臉笑容地迎了上來。

「姑娘，妳來了。」

說完，譚四郎轉向李長河拱手一禮。「前輩應該是來找家父的吧？」

李長河聞言，知道面前的年輕人正是外孫女口中說的譚家四郎，笑著點頭。

「貿然登門失禮了，不知令尊可方便？」

「方便！方便得很！現在又沒看診，怎麼會不方便？」譚四郎領著他們朝右邊的屏風去。

譚大夫也聽到了外面的說話聲，已經站起身準備出來。

李長河客氣地拱手道：「譚大夫，昨日聽丫頭轉達了你的建議，讓老朽茅塞頓開，受益良多，今日特來拜會。」

譚大夫立即拱手回禮。

「老大夫太客氣了，不過是歪打正著罷了。」

兩個老人家客氣幾句、相互認識後，便到後堂說話。

蘇荏和譚四郎也跟過去作陪。

兩位老大夫你一言我一句，從江未歇的病症開了話題，慢慢地聊到病例藥理，然後聊到灸炙之法，接著又聊起各自多年行醫之事、當今醫道等等。

兩人一見如故，話題聊不完，在旁邊作陪的蘇荏、譚四郎完全被忽略。

蘇荏倒是認真地聽他們聊的內容，大有聽「兩老大夫一席話，勝學十年醫」之感。

譚四郎卻是後悔自己跟進來，現在想出去又怕太突兀，事後被父親責怪失禮，只能咬牙勉強坐著。

他瞅了瞅對面全神貫注、聽得津津有味的蘇荏，不由得抓了抓自己後腦勺。

這麼大的小姑娘，怎麼能夠坐得住、聽得進去……

自己的堂妹和她差不多年紀，一旦聽父親講說醫藥之事，一盞茶工夫不到就昏昏欲睡，她卻精神抖擻。

終於兩位老大夫注意到陪坐左右的兩個晚輩。

譚大夫瞅了眼安靜、認真聽長輩說話的蘇荏，不由生出幾分喜歡。然後又看了眼自己如坐針氈的兒子，心中一聲輕嘆。

「茶水涼了，去給你李伯伯重新沏杯茶來。」他指派道。

譚四郎好似得救了一般，立即應「是」，起身出去，須臾便端著茶水進來，一一奉上。

「爹，若是沒有其他吩咐，兒子先到前面去照看了。」

譚大夫知道兒子的性子，能夠坐這麼久已經不容易，便應了聲。

譚四郎轉身的時候對蘇荏使了個眼色，讓她跟他一起出去。

蘇荏卻是淡淡地轉過臉，根本不理會。

譚四郎一臉無奈，卻又生出幾分佩服。

不多會兒，李長河藉口耽誤了譚大夫太多時間，怕前面醫館內有病人在等著醫治，便結束了這次的談話。

譚大夫依舊是不捨地拉著李長河的手，道：「老哥仁心仁術讓我欽佩，相識恨晚啊！」

李長河也客氣地道：「譚老弟的醫術也讓我敬服，江家小郎的身子，若是用你說的法子，好好醫治調理，要不了一年便能夠恢復，再多注意調養，再過一、兩年便可徹底根治。」

譚大夫哈哈笑著，道：「老哥，你我是各有所長，江家小郎的病症恰是我所長之處罷了，在其他方面，我還是要向老哥好好學習才是。」

兩人一邊說，一邊朝前面走去，此時已有兩名病人在等待，屏風後面是由譚四郎在接診。

李長河看見了，誇讚幾句年少有為。

譚大夫笑著道：「他雖從小學醫，但心不定，所學有限，你我這把歲數了，得學的還多著呢，何況於他！」

「不過剛雙十年紀，能夠坐堂接診已經不簡單了。」

譚大夫捋了下鬍子，笑道：「老哥你可不能當著他面誇，否則他不知道自己幾斤幾兩了。」

跟在一側的蘇荏，忍不住偷笑了下，朝屏風方向看了眼。

譚大夫以餘光瞥見她，笑著對李長河道：「你家這丫頭聰穎，我聽小兒說了昨日她在飯館救人之事，學醫未及一年，能精準判斷穴位，更知曉烏皮短時間有抑毒之效，看來是學醫的好苗子。」

蘇荏福了一禮。「譚阿翁過獎了。」

客套了幾句，蘇荏與李長河便告辭了。

譚大夫站在醫館門口看著兩人走進人群之中，感慨一句。「相識滿天下，知己能幾人啊！」

且說李長河往回走的路上，對蘇荏道：「譚家不愧是累世行醫，醫術底子深厚。今日與譚大夫一番交談，外翁自愧不如。醫術廣博高深，妳以後若真想在醫術上有所成，需取百家之長，外翁能教妳的有限。」

蘇荏玩笑著道：「那荏兒就先將外翁的所長給學足了，然後再去求譚阿翁拜他為師。他剛剛對我印象還不錯，應該願意收我這個還不算笨的徒弟。」

李長河呵呵笑了。

「譚大夫不是虛與委蛇之人，誇妳是出自真心。何況在外翁看來，妳在學醫之上，不僅不算笨，還很有悟性。」

江家等人來縣城前前後後大半個月了，如今縣試結束，也不好多麻煩夏家。

翌日陽光明媚，暖風迎人，兩家人收拾妥當，趕著牛車回去。

剛出了縣城西門，就遇到同樣趕車回村的段家兄弟。

段明通和曉豔坐在前面趕車，板車上放著幾個包裹還有兩、三個籃子，籃子裡面裝著一些三山鎮少有的稀罕東西，有吃的、喝的也有穿的、用的。

段明達坐在一個包裹上，手中正拿著一卷書，默默記誦。

城門外巧遇，又是同路。打了招呼後，江家的牛車跟在段家的驢車後面慢悠悠地歸村。

幾十里的路，要走上一天。雙方同是來參加縣試，免不了聊上，話題自然離不開這次的縣試和四月份的府試。

江未歇少與人接觸，所以不怎麼喜歡說話，加之對段明通夫婦不喜，更不想開口。

段明達心中還是對於這次縣試輸給對方耿耿於懷，難做到如平常一般，也沒怎麼開口。

倒是段明通夫婦和江秀才、李長河聊了起來。

蘇荏坐在牛車後和江未晚說話，江未晚從包裹裡取出一支木簪遞給她，說是自己偷閒做的，想要謝謝她這段時間對她哥哥的照顧。

木簪做工粗糙，但樣式不錯，乍看像一隻欲展翅起飛的鳥兒，細看卻又覺得哪裡不大對。但蘇荏還是很喜歡，在手裡看了又看，這應該算是她這輩子第一根簪子。

上輩子她也有幾樣珠釵銀簪，都是段明通施暴之後求她原諒的討好之物。她覺得髒，碰都不碰，更從來不戴，可最後她卻不得不用它們換錢給女兒醫病。

難得這輩子能夠有人誠心誠意為她雕刻一支，雖然粗糙拙劣上不得檯面，她卻覺得彌足珍貴。

「蘇姊姊，妳戴上試試好不好看。」

「好！」

蘇荏也正想試一試，抓起披散的一縷頭髮，用簪子繞了幾下，就將一縷長長的頭髮盤成一個髮髻，固定在頭上。

她盤頭髮的時候沒有注意到，除了江未晚，還有三道目光盯著她。

江未歇微笑地看著蘇荏熟練地盤髮。其實，這支木簪是他親手雕刻，圖樣也是他親手所繪，奈何他雕刻的手藝不行，做出來的木簪和圖紙相差甚遠，不過這已是他最好的水準了，勉強還能夠拿得出手。

他知道自己若是送給她木簪，一來男女有別，會讓她多作猜想，二來她也可能因此不肯收，所以才借著小妹之手，沒承想她竟然這般喜歡，並願意戴上。他心中不由得高興幾分。

再過半個月，就是蘇荏十五歲及笄之齡。

莊稼人的女兒不像城裡有錢人家那般會大操大辦、宴請親朋好友，大多在家吃碗長壽麵就算過了，頂多做件新衣裳，若是母親有心，還會送女兒一根簪子綰髮。

對於姑娘家來說，收到第一根簪子的意義非凡，特別是對馬上就要及笄之年的姑娘來說更別具意義。

他想做那個別具意義的人。

至於另外兩道目光，則來自段明通和段明達兄弟。

段明達愣神盯著後面牛車上的姑娘，在她盤起頭髮的那一瞬，他腦海中又有什麼閃過，他沒有捕捉到，心裡卻生出非常強烈的熟悉感，一念閃過，他只覺心口有點不舒服，卻說不出具體的感受。

段明通看得入神時，被曉豔胳肘搗了下，才回過頭繼續趕車。

曉豔回頭瞪著已經盤起長髮的蘇荏，低哼一聲，滿臉的怒氣。

「蘇姊姊，原來妳盤起頭髮的時候這麼好看，真讓人又羨慕又嫉妒，以後就盤髮吧。我回家後再琢磨琢磨，雕刻一支更好的簪子送妳。」

蘇荏笑著道：「別費心了，這一支就很好了，我特別喜歡。」

「一支哪夠，是吧，哥？」江未晚忽然對江未歇道。

江未歇怔了下，支吾了一聲笑道：「妳們姑娘家的事，我可不參與。」

江未晚嬉笑著回頭和蘇荏說話，詢問她喜歡哪種花鳥蟲魚圖樣，又詢問她喜歡吃什麼、平日喜歡做什麼，接著又關心那隻抱回去的小狗餵養的情況。

「妳說那小狗叫什麼？」

聽到江未晚喊那小奶狗的名字時，蘇荏忍不住憋著笑。

「山子啊！」江未晚糊塗，不知道蘇荏聽到小奶狗的名字為何反應這麼大，她看了眼自己的哥哥，他有些羞澀地垂頭。

「我哥後來又從三嬸家抱了一條小黑狗，取的名字更怪，叫盜驪呢！」

蘇荏噗哧地笑出聲來。

江秀才和李郎中也跟著笑起來，就連在前面驢車上的段明達也忍不住笑了。

江未晚更是懵了，當初哥哥給小黑狗起名字的時候，她只覺得名字奇怪，問什麼意思，哥哥只說好聽，難不成有深意？

曉豔此時冷笑道：「真不吉利，一條狗給起偷盜的名字，不耕地、不犁田的，偷什麼犁呀，還是讀書人呢！」

段明達聞言，微微蹙眉，收起了笑意。

後車上的人也都沈默了。

江未晚搖著蘇荏問：「你們到底笑什麼？快說給我聽聽。」

蘇荏笑道：「山子、盜驪這兩個名字，來自周穆王車駕中的八匹駿馬。山子指的是毛色灰白的駿馬，盜驪指的是毛色純黑的駿馬。妳哥竟然給兩隻小奶狗起這名字。」

聽到這話，曉豔臉頰羞得微紅，含恨地看了蘇荏一眼，別過臉不再說話。

段明通卻忍不住回頭朝蘇荏多看了幾眼。

段明達亦是如此。

因為曉豔嘲笑過江未歇是病秧子，江未晚心裡對她就沒有好感，此時見她窘迫，故意挺直身子、伸長脖子、提高嗓音道：「有些事情不懂就要有不恥下問之心，這沒什麼丟臉的，但若是無知卻自作聰明、信口胡說，那才是最丟人的呢！」

「妳……」曉豔回頭狠狠地瞪著她。「死丫頭！」她低聲罵了句，聲音被車轆聲掩蓋過去。

身邊的段明通聽見了，不由得帶著幾分嫌惡地白了她一眼。

和後車的蘇荏相比，自己的媳婦真的是什麼都不如。原本還有幾分姿色可以看，但蘇荏將頭髮盤起來之後，拋卻原本的一點稚嫩青澀，展現出溫柔嬌美、從容淡雅的一面，簡直將自家媳婦甩了一整條街。

越是這樣看，自己的媳婦與蘇荏越發沒得比，什麼都不懂還小肚雞腸，只會給自己丟人，簡直一無是處。

當初自己怎麼就昏頭娶了她呢？若是堅持向蘇荏提親，興許現在蘇荏就是自己的媳婦了……

不！是曉豔騙了自己！

在鹿鳴寺前，她故意設計他、要嫁給他，都是她從中作梗才讓真相被掩蓋、讓自己被她誆騙，與蘇荏錯失姻緣。

都是她這個心思歹毒的惡婦！

段明通越想，心中怒火就越大，抓著趕車鞭子的手也越發緊了。

曉豔此時正在心裡罵著蘇荏和江未晚，根本沒有注意到段明通的神情有異。

晌午時分，一群人在柳灣鎮歇腳，順便吃些東西。

此時鎮子上的集市已經快散了，人也少了大半。

幾人在街道旁一家麵攤上分坐兩桌，各點了一些吃食。

江未歇剛坐下又起身離開，朝不遠處一個推車的攤子走過去。不一會兒手裡拿著四塊捲餅回來，依次遞給了江秀才、李郎中和江未晚，自己手中留著一塊。

蘇荏看著唯獨沒有自己的，心中生出幾分失落。恰時攤主將她的麵端來，她接過碗、抽出竹筒裡的筷子正要吃。

在對面坐下的江未歇將手裡剩下的一塊捲餅遞給她。「這捲餅有些辣，知道你們都喜歡吃辣的就買了。」

蘇荏愣了下神。

江未歇一直嚴格按照李長河的叮囑，飲食清淡，從來不碰辣味。在夏家的時候，江小桃遷就他，燒菜都不放薑、蒜、芥、椒，他們也跟著吃了大半個月的清淡飯菜，還真的有些饞辣味的東西。

原來這一份是留給她的。

蘇荏遲疑了下接過，笑著道謝。

隔壁桌的段氏兄弟看著這一幕，心中各有滋味。

曉豔見段明通看著蘇荏的眼睛都發直了，惡狠狠搗了下他胳膊，低聲責怪。

「瞧什麼！再瞧也不是你的，沒看人家兩個好著嗎？現在那江家小郎可是縣案首，她還不想方設法巴結？恐怕連咱們二郎都看不上眼，何況你？」

段明達聞言，心中羞惱，瞥了眼曉豔後，低頭悶聲吃麵。

段明通狠狠瞪著曉豔。「亂說什麼？和明達有什麼關係！」

曉豔被他的眼神驚駭得心頭一縮，片刻緩過來後，翻了個白眼不再搭理他。

吃完飯，一行人繼續趕路。

此時陽光溫暖，照在人身上不由得犯睏、打瞌睡。牛驢也一邊吃著路邊的嫩草，一邊懶洋洋地拉車。

沈默好一陣子，江秀才和李郎中才說起話來，是關於江未歇身體的事情。

還有一個多月就要府試，江未歇在家歇息大半個月就要去赴考，身子消耗必然大。

江秀才不擔心孫子的府試成績如何，最擔心孫子的身體吃不消。

這次勞煩了李郎中，恩情無以為報，去敏州自然不願再勞煩。況且都是上了年紀的人，也折騰不起。

「江阿翁，不若到時候我們結伴去敏州，路上和考試都有個照應，你看如何？」段明達提議。

江秀才呵呵笑道：「那自然是好的。」

他對段明達這樣勤懇的後生還是比較喜歡。

江未歇回頭朝段明達望去，心頭一瞬間竟然有幾分酸酸的。

第十八章

抵達三山鎮，江、段兩家的車分道。

段明達和江未歇相約，府試前半個月啟程前往敏州，他也提到屆時還有幾位同窗同行，人多路上也好照應。

江未歇應下，但心中總是七上八下。

江秀才趕車將李長河與蘇荏送回家後，天已經黑了，不便多留，先回了，並說好過幾日再登門道謝。

蘇母拉著蘇苒準備了一頓豐盛的晚飯。

吃完飯，一家人圍著桌子坐在一起聊起這大半個月的事情。

蘇父、蘇母聽到江家小郎兩次在考場內發病差點昏過去，不由得捏了把汗，聽到最後江小郎拿下縣案首也不由得讚嘆。

當說到飯館救人的事情，蘇母還是擔心地對女兒教訓道：「妳膽子可真大，妳學醫才幾天，怎敢貿然上前，也不怕弄巧成拙了。」

蘇荏笑著道：「娘忘記了，去年江小郎因為吃藥又吃鮮蝦也中過毒，外翁當時教了我好些催吐、解毒的法子，我都記著呢！當時瞧見那青年命在旦夕、無人出手相救，我也就死馬當活馬醫了。」

「這回算是妳歪打正著，以後沒太大把握可不能亂來。」

蘇荏知道母親還因去年江家的事情心有餘悸，怕她惹來麻煩，便應下了。

聊了小半夜，蘇荏得知離開家的這大半個月，村上發生不少事情。

蘇大槐因為賭錢被人打斷了腿，他媳婦想兒子想瘋了，前些天跑丟了，至今還沒有找到人。

堂兄蘇蓬娶親的日子在三月十五，隔壁曉麗出嫁的日子則定在三月十八。

蘇二叔夫婦每天裡裡外外忙著，連帶蘇父、蘇母也沒得閒，次日吃完早飯就過去幫忙。

蘇荏牽著幾隻羊拴在南面地頭的樹上。地頭有條溝，用來排澇用的，這幾年夏季雨水不多，沒怎麼用得上，溝裡此時長滿了野草。拴羊繩子長度適中，能夠吃到溝裡和路上的春草，又不會吃到地裡麥苗。拴在這兒，傍晚羊吃飽了牽回去就成，也省了一個人力。

返回村頭時，瞧見胖三嬸挎著籃子和大華媳婦在路上聊天。

一看到蘇荏，胖三嬸立即迎上來，神秘兮兮地笑問：「昨兒那車上的小子就是江家小郎吧？」

昨日回來的時候，牛車經過胖三嬸家門前，她興許是在院內瞧見了，想必也知道這大半個月她與外翁出門去了哪裡。

「是。」

蘇荏也不避諱。

「考中了沒有？」

「中了。」

胖三嬸立即嘿嘿地笑了起來。「真是不錯，以後肯定也是做官的料。」

她回頭又對大華媳婦道：「昨兒我遠遠瞅著，那小郎模樣可俊俏了，比旺嬸那大女婿養眼多了。」

「還能比上回妳家救回來的那個袁大郎還俊？」

「差不多。」胖三嬸拍了拍蘇荏的胳膊低聲笑。「我瞧那江家小郎是個不錯的小子，你們家對他又有這麼大的恩，說不準將來還能攀親呢！」

這話說得委婉，但意思也顯而易見，所謂的攀親就是結為親家，而沒說出口的兩人自是指她和江未歇。

這大半個月來朝夕相處，她對江未歇也算多一分瞭解，他品行不錯、性情溫和，也有才學，但是他再好，和她又有什麼關係？她隨外翁去給江未歇醫治，說白了就是衝著段家，只是讓江未歇白白得了好處罷了。

前世蘇家的遭遇，江家也有一分責任，即便江家是受害者，她也不能忘記前世江母對蘇家的逼迫，不能忘記外翁怎麼慘死。

她又怎麼可能會嫁給江未歇？

提都不必提的事情。

何況上輩子的陰影抹不掉，這輩子她沒再想過要嫁人。

蘇荏笑了笑，裝起糊塗。「嬸子說笑了，外翁行醫幾十年，救的人可多著呢，難不成都要認做乾親？外翁是大夫，救人也是本分，哪有什麼恩不恩的。」

「我可不是指認乾親……」

「兩位嬸子，我不和妳們多說了，過些天我堂哥迎親，我今天要去幫忙呢！」

打斷胖三嬸的話，蘇荏匆匆離開了。

胖三嬸對著大華媳婦笑道：「瞧瞧，荏丫頭這是害羞了。」

「荏丫頭都這麼大了，妳話說得這麼直白，哪有不羞的？」大華媳婦說著，惋惜地嘆了聲。「前些天我在鎮子上碰見娘家的姊姊，讓我給她兒子物色個人兒，我還想著荏丫頭與我外甥年紀相當，模樣又好、性子溫和、孝順又勤快，沒有比這更好的丫頭，看來是沒啥希望了。」
胖三嬸呵呵地笑著道：「我認識一個丫頭，雖不比荏丫頭俊俏，但也差不了多少，我幫妳介紹？」
「誰家的……」
兩個人一邊聊，一邊朝鎮子上去。
且說蘇荏回到家，和蘇苒說了一聲，就去蘇二叔給蘇蓬蓋新房子的地方。
因蘇父和蘇二叔去鎮子上置辦東西，蘇母和蘇二嬸在家裡做被子。
蘇荏剛進門，蘇二嬸就吩咐。「去村口拎幾桶水回來，把偏屋灑掃一下，院子裡的幾張桌子也刷一刷，晌午妳二叔他們回來要擱置東西。」
蘇荏朝院子看了一眼，蘇蓬正坐在偏屋門前，手裡拿著幾根秸稈，似乎在編什麼東西玩。
「二嬸，蓬子哥是腿被打了，還是胳膊斷了，或者得了什麼重病？」
蘇二嬸愣了下，忙伸頭朝院子裡看了眼，見兒子沒事才鬆了口氣，責怪她。「死丫頭！竟說些不吉利的，過些天妳蓬子哥就娶媳婦了，就不能說些好聽的？」
「對啊，他娶媳婦。這些不該他自己做嗎？」
「他一個小夥兒，哪裡會做這些擦桌子、抹凳子的活兒？」

「我二叔還是個大男人呢！這些活兒也沒少做呀。」

瞧見蘇二嬸臉色陡變、準備發火，蘇荏又立即道：「過些天蓬子哥娶了媳婦，還這樣好吃懶做，堂嫂能任由他？聽說未來堂嫂是個脾氣硬又勤快能幹的人，肯定見不得人懶惰，肯定要指使蓬子哥幹這、幹那。二嬸不如讓蓬子哥提前先練練手呢！」

「她敢？」蘇二嬸冷哼一聲。「娶她過來可不是耍威風的，哪有媳婦指使自家男人的？」

蘇荏心中不齒冷笑。蘇二嬸自己沒有以身作則，對丈夫呼來喚去，蘇蓬必然和他老子一模一樣，就連蘇藤也不會例外。

「那二嬸可得要看緊些，像蓬子哥這樣好脾氣的人，免不得被媳婦欺負。」

蘇母聽了這一陣子，明顯聽出蘇荏有挑撥的意思。雖然她也不怎麼喜歡蘇二嬸，但畢竟是一大家人，也不好弄得二叔家雞犬不寧，何況都快到大喜的日子，就讓女兒別耍嘴皮子、快去幹活。

蘇荏應了聲，然後又道：「灑掃擦抹我自然幹得來，可沒力氣提水。二嬸妳讓蓬子哥去提水吧，沒水我也幹不了活兒。」

蘇二嬸瞥了她一眼，看出她是在耍滑，但自己兒子這會兒的確是閒坐著，想找個藉口搪塞也沒辦法，只好指派蘇蓬去提水。

蘇荏慢悠悠地灑掃偏屋，若有過來串門的人，她便故意發出聲音，或者是探頭看一眼打招呼，做出累得氣喘吁吁的模樣。

紀婆瞧見，便對蘇二嬸道：「荏丫頭一個人打掃辛苦，也讓妳家芳丫頭幫忙，反正她乾坐著也沒事。」

蘇二嬸瞥了眼坐在門口吃零嘴的女兒，吩咐了一聲，蘇芳只能很不樂意地過去協助。

一直忙到中午，蘇二叔和蘇父從鎮子上回來，蘇二嬸也沒有留他們吃飯的意思，即使蘇荏已經開口暗示，蘇二嬸卻裝傻充愣沒聽懂。

蘇母拉著女兒回家，自個兒做飯，並對她道：「妳二嬸什麼樣的人妳不是不知道，妳就是挑明說了，她也有藉口不留妳。」

「二叔當初怎麼就娶了她這種人！」蘇荏憤恨抱怨。

前世就是蘇二嬸貪財，看上段家豐厚的聘禮，把她嫁過去，也是她直接賣了蘇苒，害蘇葦慘死街頭。

殺人報仇的事，她這輩子不會再做。因為人生不是只有死最痛苦，很多時候死反而是解脫，她要的是看仇人在生不如死中慢慢煎熬。

第二天長輩們還是會過去幫忙，但蘇荏不想去了，她在家跟著外翁學醫，這才是她正經要做的事。

晌午的時候，一家人正在偏屋吃飯，忽然聽到外面的吵嚷聲。

蘇葦跑出去看了一眼，回來低聲道：「是曉豔姊，好像還有段家的人。」

蘇苒坐不住，起身到院子裡看個究竟。

蘇茬此時聽出來，外面叫罵的聲音是段母的，她罵旺嬸不會教閨女，曉豔嫁了人卻不守婦道，不知道侍奉丈夫、公婆，竟然還拿刀將自己丈夫給砍了，到這會兒都沒醒。

接著，聽到旺嬸的聲音，指責段家將自己的女兒打得不成人樣，然後扯到了去年段明通將曉豔打小產的事情。

不一會兒又聽到旺嬸、二旺夫婦和段家的人吵罵。雖然平日裡旺嬸和他們不怎麼親，但畢竟是一家人，打斷骨頭還連著筋。

段家這邊也有好些熟悉的聲音混入。

聽著外面的爭吵越來越厲害，蘇母也好奇地出門看看。

旺嬸家門前圍滿了人，院門處停著一輛板車，上頭躺著一人，半個腦袋被布裹著。

兩家人推推攘攘似乎要打起來，幸而被鄰里給拉著才沒有真動起手。

蘇茬抬頭朝屋外看了眼，並未出去，外面還在繼續吵，越演越烈。

蘇苒進屋道：「剛剛我瞧見曉豔姊了，被打得臉都花了，好像胳膊還斷了。不過曉豔姊也夠狠的，拿刀將段大郎的頭砍傷了，看段大郎包頭的布全是血，不知道是死是活。」

蘇荏挾菜的手微微顫了下，菜掉在桌子上。

「可別鬧出人命才好。」她放下筷子起身出門。

段明通怎能夠這麼輕易死？

他必須活著，去承受更多的痛苦才行！

蘇荏趕到旺嬸家門前，段家來了好幾個人，段阿婆、段父、段芬還有叔伯嬸子，個個面紅耳赤、劍拔弩張。

蘇荏朝前湊了湊，看到板車上的人，頭被染血的白布纏裹蓋住了大半的臉，身上蓋著厚被子。

她一眼就認出那個半死的人就是段明通，心中說不出的暢快。

真想曉豔能夠在他身上多砍幾刀，最好是砍斷胳膊、腿，讓他一輩子成一個廢人，苟延殘喘地活著。

因為周圍全是人在盯著，蘇荏壓抑心中的狂喜，讓自己看上去並無異樣。

段母還在張牙舞爪、滿嘴噴沫地對著旺嬸一家人咒罵，罵的全是不堪入耳的污言穢語。

蘇村的人多半都知道段母是蠻橫潑辣的人，但只是耳聞，這次算是見識到了。吵起架來，三個人都抵不過她一個。

興許是跳腳罵這麼久，累了，段母索性就地坐在大門口，指著旺嬸家人罵，段芬在一旁陪著。

旺嬸也不是任打任罵的性子，和她回罵，二旺夫婦也跟著指責段家。

蘇荏瞧著這氣勢，心中覺得曉豔有幾分幸運，在婆家被欺辱打罵還有娘家護著，而前世她只能一個人對抗整個段家，身後沒有任何人為她撐腰，也沒有一處可以後退躲避的地方。

蘇荏走上前，將板車上的人瞧仔細。

段明通已經昏厥過去，白布、下巴、半張臉和脖子衣領全是鮮血，看著尤為駭人。

此刻她真想再補上幾刀，發洩內心的恨意，但是她必須忍，不僅不能補刀，還要救他，要讓他嘗盡這種反反覆覆的折磨，折磨他發瘋、折磨他自己想死。這才對得起他前世給她的痛苦，對得起她死去的三個孩子。

蘇荏伸手要去察看段明通的傷口。

段母立即躥了上來，用力將她推開，怒吼道：「妳幹什麼?妳想害我兒子，你們都想害死我兒子！」又是大哭大罵起來。

蘇荏被這猛然一推，腳下不穩，仰面摔倒在地，疼得「哎喲」叫了一聲。

旁邊的鄰里立即上前將她扶起來，指責段母發瘋、無故傷人。

蘇荏拍了下衣裙，揉了揉腰，對段母怒道：「我是好心想給妳兒子看傷，妳再罵下去，妳兒子血流得更多，耽擱救治死了，妳很樂意？」

「妳說什麼混帳話？妳詛咒我兒子死呢？」

段母衝上來要動手，蘇荏退後兩步，被鄰里護著。

蘇荏發現自己還是沒能很好控制心中的恨意，無法以平常的態度對待段家的人，言語中不由得帶著戾氣。

此時李長河匆匆走了過來。

李長河是三山鎮有名的郎中，段母認識他，看他手中拎著藥箱，這才想到先治兒子的傷要緊，便拉著李長河請他醫治自家兒子。

旺嬸見狀衝上前，從另一邊拉著，不讓李長河給段明通醫治，反而要他給自家女兒治傷。

兩家此時又爭執起來，李長河為難地看著左右兩個婦人，不知如何是好。

鄰里勸著，兩個婦人也不聽，僵持不下。

蘇荏怒道：「再爭執，兩個都不用治了，都等死吧！」

段母、旺嬸以及兩家人爭吵的聲音低了下來，兩人依舊拉著李長河不放，都想請他先給自家孩子醫治。

蘇荏對旺嬸道：「我去看看曉豔姊。」說著就朝屋內去。

旺嬸朝她看了一眼，手上一個沒防備，李長河被段母拉到板車前，先給段明通治傷。

因旺嬸家門不讓進，段母堅持要堵在旺嬸家門口，李長河無奈，只得當著周圍鄰里的面前動手醫治。

當包裹傷處的血布一點一點拆開，周圍的鄰里都伸著脖子張望。只見段大郎的左耳上方腫得老高，凌亂的髮間隱隱有一道傷口。

李長河立即打開藥箱，用剪刀先將傷口處的頭髮剪掉，然後用剃鬚刀將碎髮刮掉，露出猙獰外翻的血口子。

周圍鄰里驚得倒吸了一口氣，有個年幼的女娃無意間瞥見了，竟然還被嚇哭。

段母當即是一邊哭訴兒子可憐娶了個毒婦，一邊罵旺嬸和曉豔，倒是博取了一些人的同情。

西屋內的蘇荏也瞧見躺在床榻上的曉豔，人半死不活地微微睜著眼，兩頰不知道挨了多少耳光，青紫腫脹像是要裂開。她滿臉的亂髮和淚水，還有口鼻的血污，簡直似從地獄爬出來一般。

蘇荏乍看之時，心猛然被撞擊。

這模樣多麼熟悉，曾經她對鏡看到過多少次，甚至還有比這更狼狽之相。

她那一瞬竟然生出幾分憐憫，但也僅僅是一瞬而已。

前世她遭受的苦難中，有太多次都是曉豔給她的，挑撥、嫁禍、誣告……她對她可從沒有手軟過，甚至在她爬都爬不起來之時，她還要對她言詞羞辱。

那時候曉豔對她可沒有一絲絲的憐憫，甚至連她不懂事的孩子都沒有同情過。

此刻她何須憐憫？這不是她應該承受的嗎？

當初是曉豔自己往火坑裡跳，即便現在烈火焚身，也怪不得別人。

蘇荏察看曉豔臉頰的傷，雖然看著駭人，暫時容貌毀了，但只是皮肉傷，沒多大的妨礙。

曉慧哀聲地哭道：「大姊的右胳膊斷了，身上還好多傷。」

斷胳膊、斷腿這種傷，她太熟悉怎麼醫治了。

恰時蘇苒過來，她讓蘇苒回家取藥，然後吩咐曉慧和曉麗準備其他所需的東西。

曉麗質疑她。「妳沒有給別人接過骨，妳行嗎？」

蘇荏冷聲道：「那妳準備讓妳大姊這麼等著？她痛苦不說，再耽擱久了，說不定以後這條胳膊就廢了。妳若是不信我，那就等著吧！」

若是能夠廢了曉豔一條胳膊，她倒是很樂意。

曉麗無話可說，便出去準備東西。

蘇荏解開曉豔身前的衣服，瞧見胸前幾塊瘀青，再往外扒一些，肩頭也有傷，每一處都傷得不輕。

曉豔微微睜開眼看她，神志不是很清醒，嘴巴微微張合想說什麼，但是因為臉頰傷太重而發不出聲音。

蘇荏笑著湊近她，道：「妳受了這麼大的委屈，遭了這麼大的罪，可不能白白受著，我會醫好妳，妳還要去找段明通算這筆帳呢！」

曉豔的眼珠子轉了轉，然後無力地閉上。

當東西準備齊全後，蘇荏已經將曉豔的外衣褪去、露出右臂，手臂有一道青腫的傷，像是棍棒所傷，大致也猜到胳膊是被生生打斷了。

曉慧哭得更加厲害，曉麗也在一旁罵段大郎喪心病狂、不得好死。

外面的爭吵聲此時小了下來，更能聽到段母的嚎哭。

此時旺嬸進來，瞧見曉豔身上的傷，也是一陣痛哭。

蘇荏只是瞥了眼，沒有搭理，專心幫曉豔接骨。

當她這邊將曉豔的胳膊處理好，身上的傷處一一檢查上藥後，外面的段明通也被處理完畢。

李長河對段母道：「大郎的傷在頭，傷勢嚴重，雖然沒有傷到要害危及性命，但是會不會留下什麼病根，還需要待大郎醒後進一步診斷方知。」

段母一聽，立即又哭嚎起來，對著周圍圍觀的鄰里指責旺嬸和曉豔。

「你們剛剛都瞧見我兒的傷，也聽到李郎中的話了，曉豔那惡婦是想要我兒子的命！他們家就教出這樣的閨女，這是要禍害我們段家，讓我們家不得安生啊！」

旺嬸也衝出西屋指著段母罵。「你們段家更惡毒，我家曉豔在娘家時是多好的閨女，鄰里誰不知道，到了你們家被打成什麼樣？且不說去年被打到孩子沒了，這回胳膊都斷了，臉也沒法看，身上更是沒一塊好皮肉，你們段家還是人嗎？畜牲不如！」

兩家又開始大吵起來。

蘇荏站在西屋門前，靜靜看著院門口兩家女人們怒火洶洶的對罵，男人們擼袖子、拎棍棒和鋤頭準備要打架。

一會兒後，兩方人馬都被里正請來的鄰里攔住。

詢問事因，兩家人都說不知道，卻都指責必然是對方家的孩子有錯在先。

里正說了幾句公道話，事情還沒弄清楚對錯，現在兩家的兒女都有傷，且不能說誰傷得輕、誰傷得重，現在兒女身子要緊，讓段家先帶段大郎回去養傷。這樣鬧下去不會有結果，若是真的想鬧，那就到縣衙的大堂上去理論。

兩家只得停止爭吵。

曉豔是女兒家，旺嬸自然是不想將這事情鬧到公堂上，無論結果如何，對曉豔來說這輩子都完了，還會影響到曉麗、曉慧將來嫁人，在婆家抬不起頭來，自己更沒臉見人。

段母心中清楚，即便起因不明，也猜得到是兒子動手在先。若是鬧到縣衙公堂，勢必對小兒子段明達的前途有影響。

四月小兒子就要去府試，不能在這節骨眼出事，免得被奪了府試的資格。

在里正的勸說下，段家人將段明通帶回村，但揚言這件事情沒完，還會回來找旺嬸家算帳。

鄰里有好心人到西屋去看曉豔，瞧見那張青紫腫脹的臉，心頭一顫，暗道：「段大郎果真是凶殘！」

蘇荏幫李長河拎著藥箱，與家裡人回了院子。

進門時聽到，返家的胖三嬸正嘖嘖幾聲對大富道：「我看這兩個都不是什麼好的，否則不會互相打成那樣……」

第十九章

曉豔第二天就清醒過來，醒來後一直流淚，連放聲哭都沒有辦法。旺嬸問什麼，她都是嘤嘤說不出話來，飯菜嚼不了，只能喝一些稀飯、湯粥。

段明通是在三日後才醒來，段芬來請李長河複診檢查，蘇荏也跟了去。

段明通醒過來後，好半晌都是雙眼無神地盯著屋頂一個地方，無論誰和他說話，都好似沒聽到一般動都不動，把段母嚇得一陣慟哭，又連連咒罵曉豔母女。

李長河和蘇荏進門的時候，段明通才慢慢轉了轉眼珠子朝他們望去，臉上稍稍有了表情，嘴唇動了動發出細微的聲音，湊近了才能聽清。

李長河給他檢查了一遍，問了段明通一些情況後，讓段父、段母暫時放心，沒有傷到大腦，但還是讓他們留心觀察，若有什麼異樣立即告知他。

在蘇荏整理好藥箱揹在身上、準備跟著李長河離開時，段明通忽然發出了一個稍加有力的聲音。「蘇妹妹。」

蘇荏心中一震，回過頭。

段明通正睜著大眼，直直地望著她。

「是妳……是妳救了我，是不是？」說完，段明通覺得腦袋疼，手輕輕地罩在左耳上傷口處，不敢觸碰。

一旁段母看得很是心疼。

蘇荏淡淡回道：「我說了很多回，不是我，你肯定弄錯了。」

「曉豔已承認不是她。」段明通繼續道，聲音因為吃痛而虛弱下去。

「那或許是別人吧！」

「可……」他還想再說話，但頭疼加重，後面的話只得嚥了下去。

段家的人皆知道去年春，在南山下救段明通的不是曉豔，而是另有其人。

段明通認定那人是蘇荏，還說蘇村的姑娘他都看過了，只有蘇荏和那個姑娘最像。

蘇荏卻一直否認。

段母此時上前來要拉蘇荏的手，蘇荏立即將手縮了回去，轉而整理藥箱的布帶。

段母也就把手縮了回去，面帶笑意地問：「荏丫頭，你們行醫之人心懷慈悲，救人也不奢求回報，可能前兒個救了人今兒個就忘了，妳好好回想回想，去年三月初四在南山下的河中是不是救過人。」

蘇荏太瞭解段母了，在她的眼中，自己的兒子再不是東西那也是好的，也是別家姑娘配不上的。

現在段明通和曉豔出了這檔子事，肯定是想打她的主意。

真是有臉了！

今次的事情後，段明通是什麼樣的人、段家是什麼樣的人，怕是整個三山鎮沒有人不知道的了，別說段明通和曉豔現在還是夫妻，就是他段家把曉豔休了，也沒有人家會將女兒再嫁給段明通。

段母雖然未表示，但一想到她的用心，蘇荏就覺得這是奇恥大辱，特別噁心，但她依舊保持禮貌性的微笑。

「跳水救人這麼大的事情，若真的做過，我怎麼可能忘記？而且這是救人的好事，也不是不能說，若真的是我，我必然是承認的。但事實上真的不是我，我不能冒頂了這個恩人的名頭不是？讓大郎養好傷再仔細回憶回憶，興許能找到那個姑娘呢！」

這話說得在理，段母也無可爭辯，不再追問。

蘇荏轉身出了房門，正瞧見站在門邊的段明達。

他一身灰白長衫，目光深深地看著她，帶著幾分探究。眉頭輕蹙，和前世一般似永遠都舒展不開。

她對著他勾唇一笑，便與李長河離開。

離開段村，翻過南山，到了山下那條小河邊，蘇荏忍不住朝當初段明通落水的地方看了一眼，抓著藥箱帶子的手也不禁攥緊了些，面色冷然，目光更帶著幾分淩厲。

身側的李長河瞧見她這細微的動作和表情的變化，也順著她的目光望去，輕嘆了聲。

「世上的病千萬種，有許多病如瘟疫一般會傳染，身為大夫醫病救人是本分，但救人同時，保護自己不被惡疾傳染也是人之常情。」

聽出外翁的話外之音，蘇荏回頭看著外翁慈祥的笑容。

外翁知道真相，甚至看透段明通和段家都是什麼樣的人，所以明知她說的是謊言也不拆穿，而選擇相信。

「謝謝外翁。」

李長河呵呵笑問：「謝什麼？」

蘇荏也笑了。

既然外翁裝糊塗，那自己就也糊塗吧！

三月十五是蘇蓬娶親的大喜日子。

蘇荏一家全都過去幫忙，就連蘇葦都向學堂請了假。

晚上的時候，蘇荏瞧見新娘方臘梅，還是記憶中的模樣。

方臘梅是蘇二嬸表哥之女，沒嫁給蘇蓬的時候，方臘梅該喊蘇二嬸一聲表姑。前世方臘梅剛嫁給蘇蓬後，很討蘇二嬸的喜歡，蘇二嬸也待她如女兒。

但常言道，一山難容二虎，一家難容二主。兩個性格要強、有主意的女人住在一個屋簷下，總是有磨擦。

不出半年，婆媳關係就僵了，最後蘇蓬被方臘梅制伏，鬧著分家。

蘇二嬸氣得天天與兒媳吵架，罵他們不孝順，再往後的事情她便不知了。

方臘梅嫁過來的第二天，村上的人都湊到蘇二嬸家要看看新媳婦，這是當地的習俗。

蘇荏也跟著蘇母過去，她這次是親眼目睹了蘇二嬸對方臘梅的喜歡，一個勁兒誇兒媳好，嘴都沒停過。

方臘梅嘴甜又能說會道，阿婆、大娘、嬸子、嫂子喊得親切，一點都不怯，過來串門的鄰里見到沒有不誇的，也羨慕蘇二嬸娶了這麼好的兒媳。

蘇二嬸樂得合不攏嘴。

蘇蓬娶親後，曉麗出嫁的日子就要到了，雖然嫁女兒不比娶媳婦熱鬧，但也要操辦。

曉豔還躺在床上沒有下來，曉麗又要嫁給邵家那個混帳東西。

旺嬸被折騰得焦頭爛額、欲哭無淚，不斷抱怨自己上輩子造了什麼孽，兩個女兒要遭這麼大的罪，自己怎就這麼命苦。

曉麗出嫁的前一天深夜，蘇荏聽到隔壁母女四人痛哭許久。

翌日，邵家的花轎過來接親時，段家卻過來鬧了，這次沒有上次凶，只是站在門口當著旺嬸家親朋好友的面前，罵旺嬸不會教女兒，嫁到夫家不孝順翁婆還打自己的男人，甚至還提醒邵大郎以後小心點。

邵家和段家同在鎮子上做生意，相互熟悉，前些天曉豔的事情他們家也聽說了。

邵母本來是要退婚的，邵大郎卻貪圖曉麗樣貌不凡，並拍著桌子對邵母道：「兒子可不是段大郎那窩囊廢，竟讓自己媳婦給砍了。曉麗娶過來，我保准管得服服帖帖。」

邵母看著滿身肥膘的兒子，也寬了心。

現在段母當面說這話，邵大郎只是冷笑，沒有回應，還是照舊將曉麗迎上花轎。

邵家的迎親隊伍走了，段家再鬧了一陣子，覺得沒什麼意思，也就偃旗息鼓地離開了。

兩日後，蘇荏正在東偏房內一邊看書，一邊磨藥，聽到外面蘇苒歡快的聲音。

「未晚。」

她探頭從窗口望去，蘇苒拉著江未晚的手笑盈盈地朝這邊走來，三七好似還記得江未晚一般，跟在她的腳後，搖著尾巴汪汪叫。

蘇荏放下書卷出去，江未晚走到跟前笑著問好。

蘇荏也客氣地回應，順便問了句。「妳哥哥身子好些了嗎？」

江未晚眉開眼笑。「自從吃了李阿翁新開的方子，現在好多了。」

「那就好。」

蘇荏引著江未晚到堂屋內坐。

此時家中沒有長輩，就她們三個姑娘家，江未晚也不拘謹，說話直截了當。

她此次過來是想請蘇荏幫忙，能夠陪著江未歇去敏州城參加府試。

蘇荏知道這必然是江未晚自己的主意，否則就不會是她來，而是江秀才或者江父、江母了。

蘇荏笑著婉拒。「這次怕不行了，妳或許不知道，上回咱們在縣城遇到的譚大夫，他請外翁到鎮上的富康藥鋪去當坐堂的大夫，剛答應沒幾天，不能這時候卻走了。」

江未晚立即擺手道：「不是李阿翁，是蘇姊姊妳。」說著還有些不好意思，聲音低了下去。

蘇荏和蘇苒都有些意外。

「我大姊一人？」

「嗯！」江未晚難為情地看著蘇荏點點頭。

蘇荏看著江未晚滿眼期盼又歉意的模樣，知道她的心思。

請她陪江未歇去赴考，不是怕江未歇的身子出現症狀無人救治，而是單純想讓她去陪著江未歇。

她如今雖然還是十五歲少女的身體，這顆心卻早已過了這個年紀，但也懂這個年紀少男、少女們那點情思萌芽的春心。

「妳哥哥讓妳來的？」

「不是！」江未晚急忙否認。「是我自己要來的。」

蘇荏笑了。「這不合適吧？」

江未晚抿抿嘴垂下目光。

她知道這樣不合適，但是出於對哥哥的身體和心思兩方面的考慮，她還是過來了。

見江未晚沈默須臾不出聲，蘇荏笑著道：「我剛學醫不久，根本幫不上忙，你們還是到敏州城提前請個大夫照應吧！」

「我其實……」

江未晚很想一股腦兒把此次來的真實目的說出來，但一想到若是真的說出來，蘇姊姊惱了，以後再不理會哥哥，甚至躲著哥哥，自己豈不是又好心辦壞事了？最後還是吞了回去。

蘇荏懂她的欲言又止，勸道：「妳回去吧，這件事情讓妳爹、娘知道，說不定還要怪妳呢！」

江未晚悻悻然而回。

蘇荏心中卻沒法平靜下來。

江未歇啟程敏州的前一天，獨自去鎮上的富康藥鋪，打算臨走前再讓李郎中給瞧瞧身體和給些調養建議。

蘇荏當時也在藥鋪，瞧見他來，雖有些意外，倒並不震驚。

李長河認真給他檢查身體。自從採納了譚大夫的建議後，重新調整了藥方，的確效果顯著，這才將養不過大半個月，上次縣試留下的病已經完全好了，甚至面色比往常紅潤、精神爽朗。

李長河給他開了些補氣補血的藥，讓他明日啟程帶上，這些藥對他來說無論有無病痛，吃了都有益無害。

當夥計抓好藥、將藥包遞給江未歇時，他卻接過來放在櫃檯上，轉身看向一旁小桌邊在切藥的蘇荏。

遲疑了下，江未歇還是走了過去，搬過一旁的小凳子坐在她的面前，看著她髮間那一支木簪，欣悅地笑了。

蘇荏抬眼瞥了下他。「你怎麼還不回去？明早就要啟程，再隔半個月就要府試，你還有時間浪費？」

蘇荏說完，低頭繼續認真地將藥切成段。

江未歇不說話，幫著她將桌邊藥框裡的草藥，一點一點理順成一小把，然後遞給她切，再將她切好的藥段裝在一旁的藥屜裡。

蘇荏瞥了下他那雙白皙修長的手，指節分明，手背皮膚嫩得像個女孩子，便取笑道：「可別傷了手，拿不了筆，那倒是我的罪過了。」

江未歇朝自己的雙手看了眼，自嘲道：「我就這般嬌氣嗎？」

「嗯！」蘇荏很認真地點了下頭。

江未歇臉色微紅，眉頭皺了下，幾分羞愧、幾分惱怨。

「快回吧！」

蘇荏端起藥屜，走到櫃檯後放回藥櫃裡，然後繼續檢查剩下的藥屜還有哪些藥需要補充。

來富康藥鋪這幾日，她已經熟練這些活兒。有病人的時候幫著外翁打下手順便學習，沒病人的時候她就做些藥鋪的雜活、熟悉藥鋪的經營，或者看看醫書，處理草藥。越是熟悉這些，蘇荏發現自己越是喜歡與藥石打交道；知道得越多，就越覺得醫藥博大精深，自己要學的還很多，探究慾也越強。

看到一個藥屜需要補給，蘇荏轉身準備去拿藥，卻見江未歇還站在原處，神情專注地看著她。

她沒理會，繼續忙著自己的事情。

待過了好一陣子，她瞧見江未歇坐回剛剛的矮凳子上，正在翻看早上她看的那本醫書，似乎看得還很入神，絲毫沒有要回去的意思。

果然是頭牛，身子弱，性子倒是強。

蘇荏放下手中一摞裁紙，走過去。「你看得懂？」

江未歇抬頭，瞧見她，忽然露出幾分得意的笑，像一個和長輩嘔氣到最後，終於讓長輩心有不忍、妥協來哄的孩子。

「你不回去，要在這兒待一天嗎？」

「我……」

他支吾了聲，手慢慢將醫書放下，顯得侷促。

「什麼？」

半晌，江未歇才帶著幾分懇求低聲地問：「明天可以來送我嗎？」

「好。」

見她爽快答應，倒是讓江未歇震驚，愣了一會兒神，才結結巴巴地問：「真的？」

「你不信我？」蘇荏故意含著幾分不悅的語氣。

江未歇慌忙搖頭。「不、不是，我當然信妳。」緊張得像個孩子。

她忍不住地掩口笑了下，原來江未歇有時候真的就像個沒長大的孩子，還挺有意思的，特別是在他窘迫的時候。

蘇荏轉身將櫃檯上的藥包塞到他手中，催促道：「快回去吧，出來這麼久，江叔和嬸子肯定要擔心了。」

江未歇這才心滿意足地笑著離開。

站在藥鋪門前，看著頻頻回首的少年郎，蘇荏微微地歪下頭笑了。

一回頭卻瞧見李長河立在身後，探著身子朝遠走的江未歇望去。

「外翁看什麼？」

「我在看妳瞧什麼。」李長河笑著拉她進門，低聲地在她耳邊道。「江家小郎這孩子還是不錯的，外翁活了這麼大年紀，這點閱人的眼力還是有的，妳若是喜歡，外翁也放心。」

蘇荏哭笑不得。「外翁你都說哪兒去了，不著邊際了。」

李長河呵呵笑，不再打趣她。

次日，太陽剛升起，蘇荏便來到村子北不遠的官道旁，江未歇已經在等了。

這次陪著江未歇去敏州的不是江秀才，而是江未晚和江村里長的兒子江路。

江路是個二十多歲的年輕人，讀書識字，以前還在縣衙裡當過小吏，算是見過一點世面。

江未歇考取縣案首是給江家爭光，江里長又是江未歇的族伯父，與江家關係素來不錯，此次赴敏州的路途遙遠，江秀才年紀大不便遠行，里長就讓自己的兒子代勞。至少江路在衙門裡做過幾年小吏，辦這種事比江父、江母強些。

江未晚見到蘇荏，歡喜地跑上來拉著她的胳膊問好。

江路對蘇荏的認識，停留在去年江家院內她如母獅般的怒吼，所以心中想著還是敬而遠之，打聲招呼後就坐在牛車前不吱聲。

江未歇笑著從牛車邊走過來，低聲道：「謝謝妳來送我。」

「既然昨日答應你，自然是會來。」蘇荏說著，將挎著的籃子遞給他。「這裡面是煮好的雞蛋，還有一點醬菜和烙餅，知道這些你們都會自己準備，所以我準備得不多，算是一點心意。」

蘇荏掀開籃子一角，指著裡面的兩個紙包道：「這是外翁配的藥，若再犯了上回的病，直接熬了，不妨礙的。還有平日多注意保暖，吃喝也都小心些。若是考試中再遇到上回犯病的事情，別再硬撐，身子要緊，若是身子毀了，任你滿腹經綸、雄心壯志也都是一場空。」

江未歇提著沈甸甸的籃子，聽著面前小姑娘對他的叮嚀，心中暖暖的、說不出的開心。

江未晚在一旁取笑道：「蘇姊姊，妳比我哥還小呢，怎麼叮囑起我哥像個老大姊一樣。」

蘇荏愣了下，想著剛剛說話的語氣，也自嘲地笑了。

江未歇卻不由得心疼，小妹的一句話卻也點醒了他。

蘇荏重生而來，心智自然不是十五歲，可她沒有老人的暮氣沈沈，也沒有中年女人的嘮叨瑣碎，她的確很多時候就像個大姊姊。

這是不是說，前世她並未壽終正寢，而是早早離世？或許三十歲，或許只有二十來歲。

再聯想到她對段家的極度仇視，他不敢去想她後來那些年到底經歷了什麼、過著怎樣不堪的生活，更不敢去想她最後是怎麼死去的。

不自覺眼眶溫熱，江未歇忙別過臉，卻瞧見從南面趕著驢車來的段家人。

蘇荏察覺到他神情忽然之間哀傷沮喪，甚至有點淚光閃爍。

她不知他為何一瞬間心情低落至此，但對方明顯有心掩飾，她也不便多問。猜想大概這是他這類讀書人的通病吧！心中裝的事情多，總是會在某個時刻被什麼觸動而感傷甚至落淚。

前世的段明達也時常如此。

段家的驢車已經到了跟前，陪著段明達去赴考的也換了人，是叔叔家與他同齡的堂弟段明瑞。

蘇荏對段明瑞的印象一般，前世他沒有傷害過她，卻也沒有幫助過她，對於她的遭遇，他更多時候只是一個旁觀者。有一次他明明看見她被段明通打得爬不起來，可他只是匆匆躲開，後來還是段明達過來攔下了段明通。

他素來與段明達關係不錯，後來段明達做了官，還專門在身邊給他安排個無關緊要的閒差，也算是讓他入公門，吃了祿米。

驢車停下，幾個人相互打了招呼。

段明達和江未歇相視一眼，彼此的心中都有些不平。

段明達是因為縣試輸給了對方；江未歇此刻更多的是怨段明達，一來因為他是段明通的弟弟，二來因為他前世在蘇荏的身邊，卻任由兄長欺辱蘇荏。

「時辰不早了，你們不是還要和其他的士子會合嗎？別耽擱時間讓他們多等了。」

江未歇提了提手中的籃子，笑著道：「多謝妳的東西，更多謝妳來送我。」

「你若真謝，就保重身子，可不要回來後再讓我外翁幫你調理身子了。」

江未歇點點頭。「我會的。」

幾人各自上了車。

江未歇卻忽然又從車上下來，走到她跟前，低首在她耳邊輕聲道：「我會為妳再考個案首回來。」

說完，他對她一笑，轉身回到車上，車輪已經動了起來。

她愣了好一會兒才反應過來，江未歇說的是「為她再考個案首」！

再？

他那麼執意要去參加縣試，那麼拚命而不棄考，就是為了她？

為她考個案首？

為何？

蘇荏腦海中頓時一片混亂，縣試期間的許多畫面一下子全都湧了出來。

因為他少年人情思萌動？

回過神再朝牛車望去，車已行遠，依稀見江未歇對著她揮手作別。

她愣愣地抬起了手，嘴角一絲笑意，連她自己都沒有察覺。

在前面車上的段明達回頭時，正瞧見遠處的那個小姑娘在揮手。

一瞬間腦海中再次有什麼一閃而過，依舊是無比熟悉的感覺，好似久遠而被遺忘的一段深刻經歷。

第二十章

富康藥鋪後院雖然不大，但是正堂、偏屋、灶房都有，以前王桑在的時候，也是闔家住在這裡。

如今藥鋪只有尤管事和夥計李錘、吳小六三人，還多出一間空房，便留給了李長河。

若每日從蘇村來來回回，不僅折騰、耽擱時間還勞累，所以李長河多半時間是住在藥鋪。

興許是受譚家的人吩咐，尤管事雖然管著藥鋪，但是對李長河很尊重，許多藥鋪的事情還會徵詢李長河的意見。

李長河閒暇的時候也會教兩個夥計一些醫術，既然在藥鋪做事，頭疼腦熱這種常見的病，總是要會醫治。

蘇荏則是每日早出晚歸，在家裡和藥鋪之間奔波，所幸不過幾里路的距離，走得快些也就一頓飯的時間，對她來說不算什麼。

江未歇前往敏州大概十多天，一個午後，她正在藥鋪幫忙，有信客登門，送來一封江未歇寫給她的信。

信中大致內容是說，他們一路平安抵達敏州，找到落腳的地方，正在備考；他的身體很好，沒有出現什麼不適，藥都沒有用上，自己會一切注意；最後又誇讚她家的醬菜味道很好。

信是好些天前寫的，算算日子，明日就是府試第一場了。

蘇荏心中默默祈願他能夠順利。

李長河坐在一旁的診桌邊，見到她滿面笑意，輕輕搖頭笑了。

大概十來天後，又有信客登門，依舊是江未歇的信，現在他已經考完兩場，雖然身體有些不適，但是吃了藥沒有什麼大礙。信中還和她說了一些敏州好吃、好玩的，和一些趣事，卻隻字未提兩場考得如何。

蘇荏看完信無奈地笑了。

真是個少年郎！

次日，蘇荏剛從家裡來到藥鋪，門外就來了人，是段明通。

將養一個多月，他的傷已經好得差不多了，也沒有留下什麼病根，雖然精氣神差了些，其他方面看著還正常，現在頭戴一頂小帽，將傷疤處遮蓋了。

「你傷不是已經好了嗎？怎麼還過來了？」

蘇荏冷淡地問了一聲，然後掀起後門的簾子進後院。

段明通剛想跟上去，李錘伸手攔住。

「醫病在前堂，後院不能進。」

同在鎮上營生，李錘早認識段明通，也聽說了他和媳婦的事情，對於這種知道自己媳婦有身孕還將她打小產的男人，他很看不上眼。

「我有話想和蘇家妹子說。」

李錘回頭朝門簾看了眼，冷笑了下。

「段大郎，你還真不知道避諱，荏妹子一個未出嫁的姑娘，你一個成了家的男人，與她非親非故的，你找她說什麼？要說不如和李大夫說更好。」說著示意他看向門口。

段明通回頭，見到李長河揹著藥箱從外面進來。

李長河笑呵呵地道：「大郎傷好得差不多了吧？」表示要給他再看看傷勢。

段明通知道想單獨和蘇荏說話已經不可能，向李長河道謝後便悻悻然離開。

李錘冷嗤一聲，低罵了句。「真不是個男人，還想招惹荏妹子！」

第二天，段明通又過來了，再次被李錘給攔下來。

一連幾日皆是如此，蘇荏也沒有耐心和他這樣耗下去。

這天傍晚她回到家，正巧見到隔壁院子的曉豔在收衣服。

她臉上、身上的傷都已經完全好了，右臂雖然拆了夾板，但傷筋動骨一百日，此刻也不敢使力，只能做些輕鬆的活兒。

因為她的事情，讓旺嬸在村裡抬不起頭，鮮少再如之前那般到處串門、找人閒聊。時間長了，旺嬸對曉豔也看不上眼。以前總是捨不得指使她幹活，現在反而有點什麼事都指派她做。

曉豔如今婆家回不去，在娘家不受待見，時常被嬸子、堂姊妹甚至親娘拿話明嘲暗諷，連回嘴的勇氣都沒有了。

不過經過曉豔和曉麗的事情後，旺嬸倒是開了竅，發現曉慧的好，知道疼著她。

蘇荏猶豫了下，將挎著的籃子掀開一角瞥了眼，然後笑著走過去。

「曉豔姊，胳膊現在好些了嗎？」蘇荏進院門，笑盈盈地問。

曉豔惡狠狠瞪著她。

自己之所以會有今天，全是因為蘇荏！

若不是她，段大郎會待自己如初，不會與自己離心，更不會為了她而對自己動手，他們也不會鬧成今天的局面。

曉豔冷哼一聲沒有搭理。

正巧旺嬸從灶房出來。

蘇荏笑著朝旺嬸走去。「別人送了我一些桃酥，我拿一些過來給妳們嚐嚐。」她伸手從籃子裡取出一個紙包塞給旺嬸。「聽說街口那個胖胖的老阿婆家賣的桃酥最好吃了。」

旺嬸詫異，不知道蘇荏忽然送東西過來是什麼意思。

蘇荏又繼續道：「今日段大郎到藥鋪來……」

話沒說完，曉豔就火冒三丈地衝上前，奪過旺嬸手中的桃酥朝地上狠狠一摔，桃酥瞬間摔碎散落一地。

蘇荏被驚嚇到「啊」的叫了聲，退後幾步。

曉豔還不解恨地上去對著桃酥狠狠踩踩，將一包桃酥踩成了渣，混在泥裡。

「曉豔姊，妳這是幹什麼？」

蘇荏一臉驚恐地看著滿臉凶相的曉豔。

旺嬸也很是驚愕，她雖然因為曉豔的事情不喜蘇荏，但畢竟這件事情，蘇荏也沒做什麼，不應該怪別人。

現在蘇荏好心送來桃酥，曉豔竟然這般激動、反應這般強烈，將桃酥當成恨不得挫骨揚灰的仇人。

旺嬸對著曉豔訓斥。「妳瘋了！好好的桃酥讓妳給糟蹋了！」

曉豔怒氣更盛，指著蘇荏破口大罵。「都是妳！蘇荏，妳個賤人，都是因為妳！」

蘇荏忙又退了兩步，一臉驚慌，心中卻鎮定得很。

「曉豔姊，我好心送東西來，妳不要就算了，怎麼糟蹋了還罵人？」

「我罵妳？我恨不得殺了妳！」

將左手的衣服一扔，曉豔兩步併作一步搶過木盆邊的搗衣槌，舉起來就朝蘇荏打去。

蘇荏嚇得一邊喊著：「曉豔要殺人了，救命啊！」一邊慌忙地朝家裡跑。

曉豔追上去，口中還在大罵。

左右鄰居聽到喊叫聲，立即跑出來看發生何事。

蘇父出門瞧見蘇荏被追打，瘸著腿忙上前將蘇荏護在身後，一把奪下曉豔高舉過頭的搗衣槌，怒斥：「妳幹什麼打人？」

曉豔瞪得滿眼血絲，指著蘇荏對蘇父惡狠狠地道：「是你閨女蘇荏勾引大郎、挑撥我和大郎，都是她個賤人害我！」

鄰居頓時大驚，紛紛看向蘇荏。

還有這回事？

蘇荏一臉驚懼，卻走上前理直氣壯地道：「簡直血口噴人！妳是被段大郎打得失心瘋了吧？是妳當初騙婚，事後段大郎怨妳，你們鬧不和，怎麼怪到我？就因為我隨外翁去給段大郎治過傷？」說著竟然委屈地哭了起來。

「妳也不想想，若是不給他治傷，他真有個好歹，妳還能在這兒？妳早就被關進縣衙大牢了，妳怎麼分不清恩仇好壞？我可以對著天地良心發誓，我根本沒做過妳說的那檔子事，我身心乾淨。」

蘇荏哭得越來越厲害，竟泣不成聲。

「就是妳！」

曉豔氣到將牙咬得喀喀響，額頭、脖頸的青筋爆出，指著蘇荏的手都在抖，卻說不出什麼有力的話來。

周圍的鄰居之中，有人低聲議論曉豔不識好人心，也有人勸著曉豔別鬧了。

旺嬸也看不下去女兒再這麼鬧騰，否則這蘇村她都沒臉再待下去了。

旺嬸叫來曉慧，一起將曉豔給拉回家。

曉豔仍是指著蘇荏辱罵。

蘇母和鄰居見蘇荏哭得傷心，上前勸她，詢問剛剛怎麼回事。

蘇荏把送桃酥的事情說了一遍，鄰居更加覺得曉豔恐怕是被段大郎給打瘋了。

蘇荏心中清楚曉豔為何反應那般過激，因為桃酥是段明通喜歡吃的東西，而且他最愛的就是街口胖阿婆家賣的。

雖然籃中的桃酥是出自吳小六的娘親，賣相和胖阿婆家不能比。但只要自己那麼說，曉豔必然暴怒，也不會去細看她說的是真是假。

只是可惜了那一包桃酥。

第二天早上，蘇荏拎著籃子出門沒走多遠，就注意到身後有人跟著，正是曉豔。

還真是沒讓她失望……

蘇荏裝作沒瞧見，繼續若無其事朝鎮子上去。

剛進藥鋪沒有多久，段明通就過來了，被曉豔堵在門口，她撒潑似地抓著段明通又打又罵，罵他虛偽，就是披著人皮的禽獸，把她孩子打沒了，有了媳婦還覬覦別人等等。

周圍趕集的人都圍過來看熱鬧，對段明通指指點點。

段明通心中惱恨，也反唇相稽，指責曉豔當初騙婚，成了親又不守婦道。

兩廂相互指罵不斷。

蘇荏在藥鋪後院，還能清楚聽到門前的吵罵聲。

她深深舒了口氣，繼續翻曬藥筐內半乾的草藥。

好一會兒，聽到周圍有人上前相勸，再過會兒聽到段母的聲音，咋咋呼呼，最後聲音漸漸遠了。

當外面徹底安靜下來，蘇荏走到鋪面門前，朝段家木匠鋪方向望去，已經沒了人影。

蘇荏回頭問櫃檯旁的李錘。「段家媳婦呢？」

「被她婆婆拉走了。」李錘冷笑一聲，玩味地道：「人家都是家醜不外揚，這兩口子當眾揭短，真有意思！不愧兩口子，般配！」

經過當街這麼一鬧，段家更加氣恨曉豔，段明通要休了曉豔，卻被段母給攔住。

且不說莊稼人娶媳婦不容易，鮮少有休妻，就現在兒子的名聲被曉豔給毀了，若是休了曉豔，近幾年怕是難娶到媳婦，就是將來娶到了，也不知是什麼樣的歪瓜劣棗。

而且休妻必然落下話柄被人數落，倒不如這會兒大方容忍，稍稍掙回點聲名。

段母心中籌算著，往後把曉豔看嚴實些，讓她再翻不起什麼浪來，先就這麼湊合過著。等幾年後，小兒子出人頭地了，肯定有人來巴結，到時候再隨便找個藉口休了這個惡毒的潑婦另娶。

段母這般盤算，曉豔也有自己的考量。她已經嫁過人，還小產過，現在又落了個毒婦的名聲，若真被休了，就是糟老頭子都不會要她，她不想一輩子龜縮在娘家，被人指點嫌棄。

她現在唯一能夠翻本的就是再懷上孩子，給段家生下個長孫，到時候在段家任誰也不敢再看輕她，而且段明通必然不會再惦記蘇荏那個小賤人。

兩廂各有謀算，這場夫妻打得頭破血流之事就這麼糊塗地揭過了。

自從那日段明通夫婦在藥鋪門口鬧過，蘇荏就沒有再去關注他們的動靜。以她對段明通和曉豔兩人的瞭解，他們會暫時風平浪靜一段時間。

這天，信客又一次上門，這是江未歇給她寫的第三封信了。

信，是在最後一場考試結束當天晚上寫給她的，信中沒有提及他的身體狀況，也沒有提及考得如何，只是和她說敏州的風土人情，還說發現了一種很好吃的零嘴叫「魚石」。

魚石是將魚醃製之後，晾成鹹魚乾，剁碎，加入麵粉、薑、椒和其他的調料一起和成麵團，再切成小塊，晾一會兒再烘烤片刻，最後放入油鍋炸出來，這樣連魚骨頭都炸得酥脆。

這種零嘴小吃之所以叫魚石，是因為水分少，炸出來的時候特別硬，嚼的時候特別費勁，像咬石頭。但是它有一個好處，就是水分少容易保存，不易腐壞。

江未歇還說到江未晚有次吃多了，當夜脹得肚子疼，第二天牙齒都疼了，兩、三天不敢吃東西。

他知道她喜歡吃辣味的東西，這種魚石味道香辣、魚味也濃，猜她一定很喜歡，買了好幾斤帶回來送給她。還提醒她一定不能多吃，免得不舒服。

蘇荏看到這兒不由得笑了。

前世，她沒有陪著段明達去敏州參加府試，但段明達從敏州回來的時候也帶了幾樣當地的特產，似乎也有這種東西，只是段母把那些都收起來用來招待客人，她根本沒有嚐過一口。

現在被江未歇這麼一說，她倒是有些饞了。

信是十天前寫的，按照日子推算，前幾天應該已經放榜了。

一群少年人府試後，必然會到敏州各處名勝之地放鬆地遊玩幾日，這兩天也差不多要啟程回來了。

她將信按照摺痕摺好塞回信封裡，正準備放到自己每日挎著的籃子裡。

忽而門口閃出一道人影。

她抬頭望去，正瞧見江未歇立在門檻處，風塵僕僕。

一身灰舊的長衣，正是他走那天穿的那件，只是相較走的那日，衣服略顯寬鬆了些。清瘦的臉頰滿是疲倦，但一雙眸子卻清亮有神，嘴角的笑意也慢慢化開。

江未歇站在門檻處對著她笑，像極了一個玩完泥巴的淘氣孩子。

她低頭看了看自己手中的信，看來他沒有流連敏州山水，發榜後直接趕回來了。

蘇荏也不由得笑了。「你這次身子不錯，還能站著回來。」

她調侃了一句，便作個請的姿勢，讓他進來說話。

櫃檯後的李錘笑哈哈地道：「江小郎，聽說你去敏州參加府試，看你這滿面春風的樣子，肯定是取中了，先道喜了。」說著拱了拱手。

江未歇羞赧一笑，欠身回禮道謝。

兩人在藥堂一側的小桌邊坐下，李錘倒了兩杯涼茶遞給他們。

江未歇接過茶，蘇荏攔住他。

「還是莫喝涼的。」

她起身去幫他倒杯溫茶。

江未歇笑意更深，在藥堂內梭巡一圈。

「李阿翁今天不在？」

「剛剛和尤管事的出門，一會兒就回來。」蘇荏看著他的倦容道。「回來準要給你檢查身子。」

「我沒大礙。」江未歇微微低頭看了看自己。

他本來就清瘦，春日衣服厚實些，還顯得身子壯實點，現在褪去裡面的夾衣，只穿一件單衣，又是一副弱不禁風的模樣。

「這段時間可有復發？你在信中也沒有詳說身子的事情，最後一封信連提都未提。」

江未歇握著溫熱的茶杯，笑道：「我嚴格按照李阿翁說的做，病未有復發，只是勞心勞力，稍顯消瘦罷了。」

蘇荏仔細上下瞧了瞧他，的確虛弱，但並未像犯過病的樣子，才略略放心。

這時江未晚和江路從門外進來。

江路提著一個籃子放在她面前的桌子上。

蘇荏笑了聲，問：「該不會都是魚石吧？」

「妳怎麼知道？」江未晚驚訝地看著她，然後機靈一笑。「哥提前告訴妳了？」

江未晚掀開籃子上的布，上面一層是幾樣小玩意兒，下面的布袋裡裝的便是鵝卵石大小的魚石小吃。

香辣的魚肉味道立即飄散開來。

「蘇姊姊，妳快嚐嚐，特別好吃，就是嚼的時候費勁。」江未晚興致勃勃地拿著一塊遞到她嘴邊。

蘇荏伸手接過，仔細看了一眼，焦黃色的麵塊裡摻雜魚肉、魚骨、魚皮，還有一些炸得有些焦的薑絲、椒絲，味道辛辣濃厚，對於她一個喜歡辣味的人來說，真的是極大誘惑。

蘇荏看了眼面前三人，將魚石放在嘴裡咬了一下，竟然沒有咬動，但是濃香的味道卻已經充滿整個口腔。

「這就跟麵糖塊一樣，要用力咬。」江未晚提醒。

蘇荏稍稍用力，還是沒有咬爛，她再加大力道，喀一下，終於咬掉一小塊，慢慢地嚼著。

脆香辛辣去掉了魚的腥味，剩下魚肉的濃香。

她再次看著手中的魚石，雖然難嚼了些，但的確是美味，至少她之前從沒有吃過這麼可口的零嘴小吃。

「好吃嗎？」江未歇滿懷期待地看著她。

蘇荏點點頭。

「比你信上寫的好吃多了。」

「信？什麼信？」

江未晚疑惑地看著他們，然後又看了看身邊的江路。

江路轉過臉，朝別處看，躲開她的詢問。

蘇荏則有些意外。

江未歇給她寫了三封信，江未晚竟然都不知道？

江未晚恍然大悟地拍手笑道：「原來哥給妳寫了信，竟然瞞著我，是不是信中說我什麼糗事了？」

「妳哪裡有糗事可寫。」

江未晚想了想點點頭，才不追問。

蘇荏又咬了一小塊，笑道：「這些魚石我可就不客氣收下了。」

「妳喜歡吃就好。」

蘇荏朝門外看了眼，瞧見了牛車，車上還有一些包裹、籃子、被子等物品，顯然沒有回家，甚至沒有先去見江秀才，而是先來看她。

她心中微微生出一絲暖意，又帶著一絲愧疚。

前世無論江家對她蘇家如何、江母如何刻薄，但江未歇卻從沒有害她蘇家人半分。

今世兩家誤會解除親如故舊，她卻一直在利用他，雖於他無損害，初衷畢竟不純。

江未歇注意到她眼神中的一絲悲涼，想要開口勸慰，江未晚卻搶先拉著蘇荏的手和她說起在敏州的一些見聞，蘇荏眼中的悲涼慢慢散去，他也嚥下了話。

不一會兒，李長河和尤管事回來。

李長河果真是瞧見江未歇便拉著給他複查身子，滿意地點著頭道：「比想像中好，但是虛耗不少，還是要靜養些時日才行。」

尤管事聽說他就是鎮上學堂江秀才的孫兒，立即問起他這次府試考得如何。

這也是其他人都關心的事。

江未歇看向一旁的蘇荏，瞧見她滿目期待，笑著道：「算是未辜負親朋。」

「取中了？」

眾人立即高興大笑、紛紛道賀。

江未歇瞧見蘇荏只是笑著，並沒有太多驚喜。

「聽說你縣試奪得了縣案首，府試是個什麼名次？」尤管事繼續追問。

江未歇遲疑了須臾。蘇荏心中必定是希望有人能夠取代段明達拿下府試案首，無論是誰，她都會很開心，他希望這份開心是他給她的。所以府試最後一場，即使身體不舒服、頭暈嘔吐，他還是咬牙堅持下來。

為了不讓江路和小妹擔心，也為了不讓他們回家後亂說，他在考場內緩了小半天，一直拖到考試結束才離場，所以當晚寫給她的信沒有提及他的身體狀況。

幾日後當他看到自己名字寫在榜首的時候，他就迫不及待回來想要親口告訴她。只是真的見到她的時候，他卻不知道怎麼主動開口說了。

此時被問及，江未歇笑著道：「先人庇佑，忝居案首。」

堂內一片喝采，尤管事立即拉著他坐下和他攀談起來。

江未歇並不擅長與人交談，特別是和尤管事這樣的商人，他多半還是聽著尤管事說，偶爾應和兩句，更多時候還是將目光轉向旁邊的蘇荏。

瞧見她如釋重負而心滿意足的微笑，他覺得比得了案首還開心。

等到圍著他問東問西的幾個人慢慢消停了下來，他起身準備和蘇荏說幾句話，此時姨母柳二娘不知道從哪裡聽到他在這兒的消息，趕了過來拉著他說個不停，然後將他生生地拉到她家的麵館去。

他拒絕了兩次，柳二娘根本不聽，他不好再拒絕長輩，只能心不甘情不願地過去了。

隨後江秀才過來，他更脫不開身，想著只能等過兩日再找她了，他還有很多話想和她說。

江未歇回來兩日後便是端午節，過了端午節緊接著是農忙，他一直沒有機會去找蘇荏。

農忙時節剛過，有了幾日空閒，江未歇立即去鎮子上的富康藥鋪。不過蘇荏不在，李錘說她隨著李郎中出診，估摸著傍晚才能夠回來。

他也不能在藥鋪乾等著，只好折返。

第二天他再去的時候，蘇荏又早早跟著李郎中出診。

第三日亦是如此。

一連幾天撲空，他詢問李錘，蘇荏接下來幾日何時有空。

李錘看出來江未歇對蘇荏有意，故意打趣說：「荏妹子沒有哪日是不忙的，若你要等荏妹子有空，那估計有得等呢！」

他回頭看著當日她坐著的小桌位置，悵然若失。

現在他的身體逐漸好了，見她卻難了。他如她所願拿下縣試、府試的案首，本以為她會對他另眼相看，可如今他卻隱隱覺得蘇荏有意避開他。

他忽然生出幾分悲涼，在她眼中，他的意義真的只是為了對付段家？

接下來他沒有再去鎮子上，而是準備明年八月的院試。

整個夏日，就在江未歇的讀書聲、蘇荏侍弄草藥中慢慢地度過了。

——未完，待續，請看文創風845《醫香情願》下

2020年4月出版

下堂婦逆轉人生

文創風 841～843

她是與夫和離、帶著女兒的下堂婦；
他是有剋妻之名、姻緣路多舛的正直父母官。
已無心婚配的兩人被月老牽紅線送作堆，
這是天作之合還是亂點鴛鴦譜？

庚子年正緣到 下堂妻好運來／饞饞貓

聶顏娘從未想過自己會被逼和離，可偏偏現實就是如此殘酷──
夫君嫌她體胖貌醜另攀高枝，婆家為了將她趕離凌家竟意圖毒害她親生女，
顏娘只能同意和離，不料回到娘家後亦是猜忌加身，早無容身之處……
但為母則強！她與女相依為命，在外也能自力更生，
因緣際會從做繡活謀生到開鋪子，一款美顏藥膏賣翻了天，連自己都受惠，
臉上痘疤盡消像換了張臉，從此再無人嘲諷她貌若無鹽！
然而小日子也有煩心事，竟有人想為她和虞城父母官姜裕成拉紅線 ?!
傳聞他有剋妻命，姻緣路多災多難，可確實是位公允正直的好官，
幾次承他相助，她也對這位貴人心存感激，只可惜她本無心再嫁；
何況他和她那無良前夫是同窗好友又同朝為官，何必牽連不休惹人口舌？
哪知直言拒之仍壓不住旁人的熱切，最後連當事人都前來直白相詢 ?!
這倒令她遲疑了，難道正直不阿的姜大人當真對她這個下堂婦心懷傾慕？

文創風 844

醫香情願 上

國家圖書館出版品預行編目資料

醫香情願 / 南林著. --
初版. -- 臺北市 : 狗屋, 2020.05
冊 ; 公分. --（文創風）
ISBN 978-986-509-101-9（上冊：平裝）. --

857.7 109004253

著作者 南林
編輯 黃鈺菁
校對 黃亭蓁
發行所 狗屋出版社有限公司
地址 台北市104中山區龍江路71巷15號1樓
電話 02-2776-5889～0
發行字號 局版台業字845號
法律顧問 蕭雄淋律師
總經銷 知遠文化事業有限公司
電話 02-2664-8800
初版 2020年5月
國際書碼 ISBN-13 978-986-509-101-9

本著作物由北京晉江原創網絡科技有限公司授權出版

定價250元
狗屋劃撥帳號：19001626
網址：love.doghouse.com.tw E-mail：love@doghouse.com.tw